서상대 첫번째 시집

가을 남자

한누리
미디어

‘흐르는 세월’을 펴보면서!

밖에 법이 있듯이, 나도 나를 다스리는 법이 있어야 하는 데, 이것저것 가리지 못하는 것 같아 내 마음 속 한 가닥 양심이 파렴치한 짓을 한다고 스스로 얼굴을 붉혀 본다. 욕심을 자제하지 못하고 허황한 꿈에 영합하여 또 다시 철없는 짓을 하는 것 같아 죄스러운 마음으로 글을 올린다.

배움은 끝이 없는 것, 학문을 닦는 과정에 많은 경험과 지식을 쌓는 한 과정의 일부로 접어 두고 싶다. 때론 그릇된 생각이 가끔 우리의 머리 위를 스치는 것을 막지 못하고 불가피한 것이라며, 이러한 그릇된 생각이 시행하는 과정에서 진실을 깨우칠 수 있다는 믿음으로, 나의 충심을 다해 노력한다면 비록 조금은 잘못이 있다 할지라도 상대방이 누구인지 모르지만 참된 나의 뜻에 돌을 던지지 않을 것이라 믿고 싶다.

처음이기에 무서움을 모르는 하룻강아지같이 겁 없이 작심하였다. 진실 일로의 길이 굽어 있고, 때로 험악하다 할지라도, 그 길이 진정한 길이라면 꼭 가고야 말겠다는 게 나의 뜻이다.

끝으로, 우리 인간에게만 주어진 아름다운 언어를 함부로 남용해서 그 가치를 손상하고 잘못된 표현으로 타에 누를 끼쳤다면 깊이 사죄하고 싶다. 또 자신에 보잘 것 없는 속마음을 엮어 내는 데 큰 도움을 준 인형(김남웅 교장)께 이에 죄송함과 감사의 뜻을 전한다.

저무는 계미년의 끝에 서서
서상대 사룀

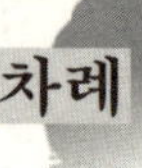

2부. 가을 남자

4부. 마음에 두고 싶은 사람

봄

박새 포르르 포르르 문밖 가까이 새 봄맞이 문안 인사한다.
철 이른 밭 언덕에 새 쑥 캐는 아낙의 손끝이 향기로운 초봄
멀리 산골 계곡 사이 못 다 녹은 눈빛이 가련하게 빛을 잃고
화려했던 겨울을 슬프게 한다.

산 중턱 높이 만큼 올라선 내 집에
남쪽 유리창에 봄 햇볕이 포근히 와 인사한다.
산자락 계곡 따라 진달래 꽃가지가 애절하게 흔들리는 초봄
약수터 길 따라 오손도손 이야기꽃에 봄이 익어간다.

지난 겨울 잘 익은 메주덩이 장독에 띄워 놓고
겨울 옷 훌훌 털어 봄볕에 거풍(擧風)한 뒤
새봄맞이 몸단장하고 봄 동산에 선다.

봄볕 따라 뒷동산 산자락에 마음을 접어놓고
동산의 봄을 내 눈 속에 묻어 안고 즐겨 놀며
산벚꽃이 연록색 꽃가지와 무더기 되어 어우러지던 날
꽃수레에 타고 꽃무덤에 들고 싶다.

반 열린 들창문에 향긋한 봄 내음이 춘풍에 가득 실어
좁은 가슴 뒤흔든다.

II
·
봄

집 밖을 뒤로 하고 화풍 따라 동산에 드니
쌍쌍이 나는 꾀꼬리는
이 산 저 산 화답하고 물오른 나무마다 제 향기에 취해
봄바람 타고 춤을 춘다.

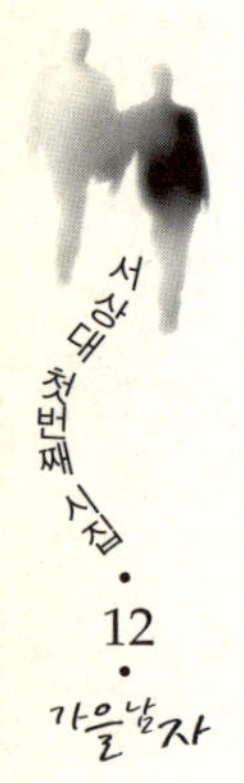

봄 소년

봄 신명 들려
눈밭 길을 간다.

기다림에 가슴 죄며
숨은 얼굴 웃음 웃고

혹여 하는 마음
미로 속으로 걷는다.

아련한
추억 속의 소녀

어디쯤 오고 있으리라
기대하며

좁은 들길 지나
개천가 돌다리 건너

조심조심 그렇게
올 것을 믿으며

흐르는 세월
소년의 꿈으로 산다.

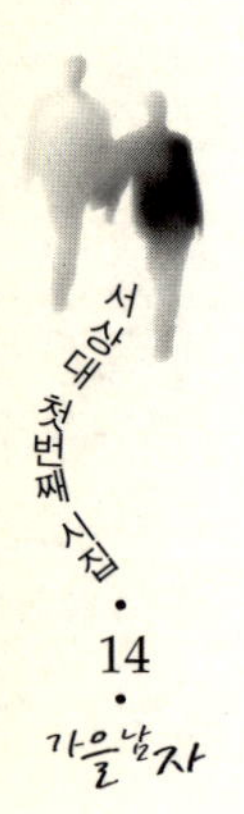

봄 향기

작은 산길 속으로
꽃보다 진한 풀 향기 코 끝에 달고
부드럽고 야릿한 풀숲을 파고 든다
솜털 보송한 알몸에 입맞춤
가냘프게 여린 너를 품 속에 안아
마디 굵은 손 끝에 오는 감촉
쓸어 보고 깨물어 첫 향기로움
애련한 정을 먹는다.
혀 끝에 오는 짜릿함
비릿하고 새콤한 맛
새 봄을 먹는다.

봄,
너만이 갖는 맛이여.

봄이 저렇게 오는데

노란 민들레 연분홍 진달래 꽃망울 부풀려
바람으로 숨어서 저렇게 오는 것을

앞 들녘 논두렁, 개울가 징검다리 잔물결 타고
가시내 하얀 속살같이 부끄럽게 오는 것을

해마다 오는 봄인데 해마다 피는 봄꽃인데
보이지 않게 살랑대며 몰래 살금살금 오는 것을

봄은 왜 울렁일까
봄은 왜 풍선처럼 방방 뜰까
불어오는 봄바람에
신명 들렸나

추억 속
그리움으로
아프고
섧게
오는 것을.

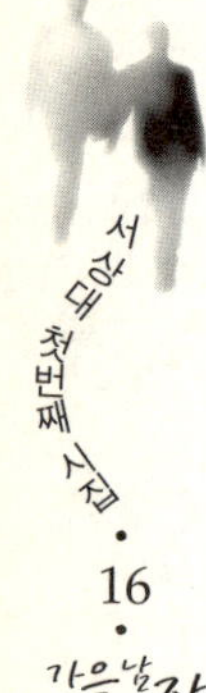

봄비 · 1

작은 우산 속
봄 소식 듣는다.
도란도란
정다운 이야기
발 끝 가지런히
봄 길을 걷는다.

이 비 속에 숨어 피는
작은 꽃 주머니
봄 향기 가득 담아
노란 하얀 분홍 빨강
단장하고
향긋한 미소
봄비 속에 묻어 온다.

시새워 돋아나는
새싹들의 작은 이야기
산과 들에
크고 작은 설렘
탐하지 않고
내게 준 대로 받아

만족한 미소
정성으로 곱게
봄비 속에 자란다.

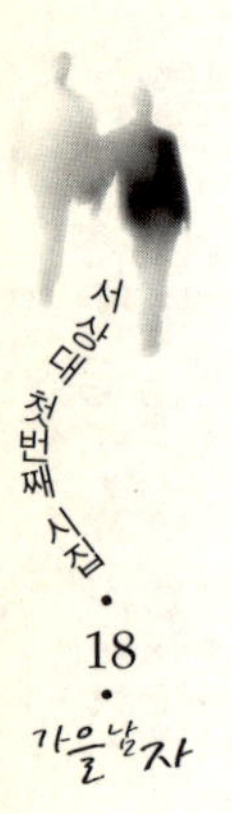

봄비 · 2

촉촉이 젖은 살 내음으로 당신을 맞으리다.
소리 없이 내게 와 두 눈 꼭 껴안아 주시고
솜 털 보송한 내 귀 뺨에 작은 소리로
봄비처럼 정겨우라 말씀하셨지요.

비단 은실비로 나를 꼭꼭 묶어 나를 안으셨지요
촉촉이 젖은 맨살로 깊숙이 품 속에 내 눈을 감게 하시고
포근한 자장노래로
봄처럼 순하고 곱게 자라라 하셨지요.

감미로운 당신의 입맞춤에 나는 눈을 떴습니다.
흠뻑 젖은 나를 감싸 골고루 어루만져 힘을 주시고
통통 부푼 새 가슴에
봄처럼 풍성한 꿈을 가지라 말하셨지요.

긴 잠에서 깨어 기지개 한껏 펴고
두 눈을 떠 당신의 품 속임을 깨닫습니다.
당신의 우렁찬 봄의 찬가를 들으며
샛노란 뺨에 열기를 주시며
봄에 꽃을 피우라 하셨지요.

봄 동산에 서면 · 1

살아 숨쉬는 대지에 만상이 꿈틀댄다.
울렁이는 장과 살갗 솜털 구멍을 틈 새로
가늘게 새 빛이 흐르고
산하가 크게 자란다.

투명한 자연에 서면
나날이 신비로움을 본다.
어디에 감추었다 저리 곱게 쏟아 놓는가
한 치의 거짓은 용서하지 않고
영험하게
만상 천하가 신비의 빛으로 가득하다.

넓게 구멍 뚫린 허공에 서면 마음이 풍성하고
구불구불 논둑길을 가면 오손도손 정겹다.
도란도란 봄물소리 들으면 다정함이 넘친다
봄길 따라 긴 여행 떠난 날
모두들에게 꿈이 가득하여라.

봄 동산에 서면 · 2

화사한 봄 동산에 서보라
살아 숨쉬는 대지 위에 만상의 실상이 꿈틀댄다.
대지의 심장이 용솟음친다 .
산봉우리는 큰 기지개로 쑥쑥 자란다.

저 투명한 자연을 보라
나날이 신비로움을 보라.
어디에 감추었다 저리 곱게 쏟아 놓는가
만상 천하가 신비의 빛으로 가득하다.

넓은 들에 서면 마음이 풍성하고
구불구불 논둑길을 가면 오손도손 정겹다.
도란도란 봄 물 소리 들으면 다정함이 넘친다
봄길 따라 긴 여행길 떠난 날,
모두들에게 꿈이 가득하여라.

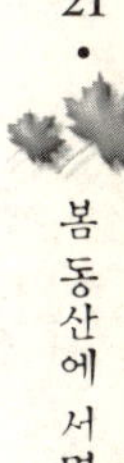

봄 꽃씨 뿌리던 날

봄볕이 따사롭다
흙을 일구고 골고루 잘게 부수어
곱게 이랑지어 작은 꽃씨를 뿌려라.
한두 달 후에 꽃향기로 벌 나비 떼 꽃잔치 베풀리라
곱고 예쁜 꽃밭에 작은 꽃씨를 뿌려라.

봄 향기 쫓아 나비 한 쌍 날아 붉은 꽃잎에 앉았다.
이 꽃 저 꽃 헤적이며 즐겁게 춤을 춘다.
파아란 잎사귀 잎 뒤에 숨어 꽃 한 송이 얼러 보고
노란 꽃가루 분단장 곱게 하고 봄볕 따라 꽃놀이한다

작은 꽃씨는 말한다.
수줍어 수줍어서 작은 말로 하는 말
화려하고 좋은 향기로 나의 몫을 다하리다.
그리고 작은 봄 꽃씨 하나 남기리다.

봄밤의 산새 부부

뒷동산 소나무 숲에 둥지 튼 산새 부부
산이 좋아 밤이 좋아 동리 밖 산 속에 살지.

까만 봄 밤 쑥국새 소리 시름 담아
깊어가는 짧은 밤을 날밤으로 지새우지.

산 벚꽃 만개하여 구름처럼 흐드러지고,
달 빛 별 빛 축원 받아 자연 속에 묻혀 살지.

봄 오는 길목

멧골 양지바른 곳
곰밤부리, 약쑥, 나숭기, 제비나물, 베뿌쟁이……
봄 바구니 속 가시내 가슴에도 봄 싹이 튼다.

부시시 몸 털고 일어난 멧새
봄 햇살을 따라
가람나무, 가시나무, 맹감나무 가지 위에 날고……
지개통발 나뭇짐 진 머슴의 가슴에도 봄 싹이 튼다.

실개천 돌 다리 밑 봄 물살 살랑이고
송사리 떼지어 물결 따라 헤적이고
입 빼문 다슬기 돌팍에서 더듬질한다
쉬—쉬 빨래 빤 아낙의 손끝에도 봄 싹이 튼다.

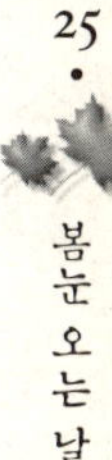

봄눈 오는 날(春來不死春)

화사한 봄날에 눈꽃이 날린다.
연분홍 꽃 노란 꽃잎에 하얀 눈꽃이 핀다
봄나들이 애벌 한 마리 꽃 속에 숨었다
봄 꽃 향기 좋아 향기 속에 묻혀 화려하게 죽었다.

새 봄은 새로워서 좋다.
활짝 열린 새 봄에 하얀 눈꽃이 핀다.
봄 신명에 끌린 나들이 눈 속에 묻혔다.
봄 향기에 취한 철부지 놈 눈 속에 묻혀 잠들다.

춘삼월 좋은 날 눈꽃이 휘날린다.
봄이 좋아 봄볕 따라 이 골 저 골 드나든다.
세상구경 하도 많아 나를 잊고 헤매인다.
세상 물정 따르다가 가슴 치며 통곡한다.

봄날에

정겹고 포근한 봄날에
거리에 서면 미소가 있고
만나는 얼굴마다 희망이 넘쳐 난다.
창공을 나는 구름 떼 타고 놀며 봄 신명에 젖는다.

봄 바람 휘적이는 봄 언덕에 서면
살며시 고개 든 뽀얀 얼굴을 본다.
밤엔 별빛 보며 맑고 고운 꿈을 채우고
아침은 고운 햇살 받아 새 생명이 더 경이롭다.

봄 바람 불어 좋은 날
산 위에 서면
내 영혼은 공중을 날아 크고 작은 희망의 씨 날린다.
깊고 얕은 구릉에도, 크고 작은 산등성 골고루 내린다.

봄밤에 밖에 서면
잔잔한 공간에 나를 맡기고 둥둥 뜨는 나를 본다.
봄 신명 들렸는지 이리 저리 걸어 보고
보내는 눈길마다 사랑하고 싶다.

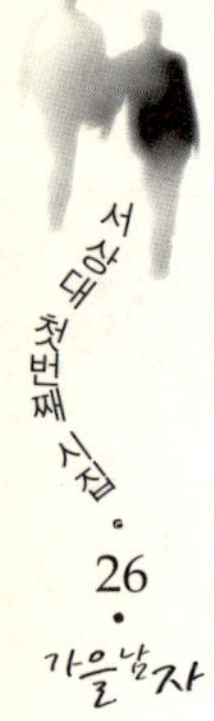

봄이 오면

마을 언덕바지에
지난 대보름날 쥐불 놓은 곳에
야들야들한 봄나물 찾아 모여드는
마을 계집아이들 사이를 떠나
저만치 외진 곳에 혼자인 술이!
예쁜 손놀림에 이제 갓 태어난
새 쑥이 녹아든다.
먼 발치에 숨어 눈에 넣고
움직이는 모습 따라 그려 넣고
바람불어 눈물이 어릴 때는
두툼한 주먹으로 눈을 훔치며 한 순간도
눈 떼지 못할 예쁜 술이의 모습

깊고 먼 곳에 숨어 보다
천천히 걸어오는 작은 외길에
마주칠 것 생각하며
가까이 다가오는 그 예쁜 모습에
심장 박동이 요동한다.
좀더 의젓하게
사내다운 모습으로
까만 중절모 가볍게 치켜

술이를 본다.
가늘게 감겨 뜬 눈자위
예쁘게 다문 입
중동을 묶은 검은 머리
가볍게 꽂은 나비 핀
천천히 발을 옮겨 놓을 때마다
주름 치마 출렁인다.
혹여나 눈 마주칠까
길섶 한 곳에 발모아 기다리며
그림자 지난 후에
발 옮기던 그 얌전한 술이!

봄 달이 물 머금어
달무리지던 5월
무논에 개구리 떼지어 울고
장보러 간 아비 기다려
동리 언덕바지에 나가
장터 고개 너머에 눈을 팔던 술이!
애끓게 걱정하는 물 머금은 눈빛
그 예쁜 검은 눈을
잊을 수가 없다.

여름이면
높다란 원두막 그늘에 자리 펴고
반소매 걷어올린 손놀림으로
노란 참외를 깎던 술이의 새하얀 예쁜 손
작게 베어 문 입모습은 잊을 수가 없다.
소나기가 내리던 날 오후
사방은 비안개로 뒤덮고
바람 불어
비옷 날리며 종종 걸음 옮기던 작은 모습을
지울 수가 없다.

오월의 신록 같은 사람

한없이 온유하고 부드러운 사람
곁에만 있어도 좋은 사람
따뜻하고 정감이 넘치는 사람
꽃향기보다 더 다정한 사람
언제나 제자리를 지키는 사람
티없이 맑고 그 무엇도 때묻지 않는 사람
비 오는 날에도 비를 피하지 않는 사람
안개 낀 날에도 꿈을 꾸듯 조용히 맞이하는 사람
바람이 세차게 불어 가지 끊어져도 탄하지 않는 사람
해가 나면 상큼한 사람
곁에 있어 두고두고 싫증나지 않는 사람
메마르지 않고 촉촉한 향을 내뿜는 사람
그 무엇을 탄하지 않고
주어진 대로 최선의 수행을 다하는 사람
어떤 어려움 속에서도 희망과 용기를 잃지 않는 사람

이런
오월의 신록 같은 사람과 영원히 함께 한다면
천상(天上)의 삶이다.

윤사월 긴긴 날 뻐꾸기 울어

파란 하늘 끝자락에 꽃구름이 일다.
석 달 가뭄에 목말라 목쉰 뻐꾸기 울음이 애처롭다.
뻐꾹 뻐꾹 진종일 울어대는 윤사월 긴긴 날
뙤약볕에 한숨 쉬어 시름 접는다.
서편가 햇머리 보며 농심들의 애태우는 기다림
뻐꾹뻐꾹 뻐꾹……
비님 오시라고 두 손 모아 합장한다.

서편 햇구멍에 바람이 일어 비 오기 틀렸다던 옛 분의 말씀
저놈의 뻐꾸기 소리 그쳐야 비가 올려나
공연한 볼멘소리 삼아 뻐꾸기에게 푸념이다.
버석버석 작물이 탄다 마음이 탄다.
밭머리 서성이다 한숨짓는 농심들
속마음 쥐어 짜며 입술을 지긋이 악물며 서산을 본다.
저녁놀이 붉게 탄다.
원망인지 투정인지 볼멘소리 푸념한다.

신록의 계절

온통 연푸른 색으로 덮여
찬란한 아침 금물결 치는 햇살을 받으며
사랑스러움으로 가득한 5월의 아침
나무 가지가지마다 솜털 보송한 연푸른 잎
엷게 부는 간지러운 바람
살금살금 다가와 내게 입맞춤으로
푸른 향기에 취한다.

촉촉한 이슬 머금고
아침 햇살 아래 영롱함도 정겹고
포롱포롱 날아
아침 문안하는 멧새도 반갑고
천천히 걸어 밭이랑 보며
뾰쪽 뾰쪽 돋는 새싹의 신비도 경이롭다.

오월은
맛으로 달콤하고
보기에 신선하고
만져 보아 부드럽고
사랑하고 싶은 계절
안고 싶고

푸름 속으로 폭 빠져들어
자유형으로 마음 끝 휘저어
가고 싶다.

33

라일락 향기

5월 볕 좋은 날
대지에 풀향기 있어 젊은 가슴 싱그럽고
담장 넘어 고개 내민 연보랏빛 라일락 향기 사랑을 꿈꾼다.

태양 열기 감미로운 날,
작은 풀꽃송이 따라 꿀벌 나들이 길 정겹고
푸르름 짙은 향기 따라 젊음의 향기 무르익는다

날로 더 짙어가는 풀 향기 따라
얼굴마다 미소 가득 넘쳐나는 정다운 사람들
펄펄 날아 오르는 젊음의 향기가
푸르름과 함께 무르익는다.

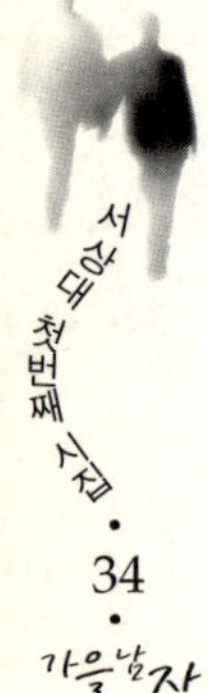

푸른 꿈

오늘은 연록색 향이 상큼한 5월
소년들아 우리 청운의 푸른 꿈을 심자
구차한 삶은 벗어버리고
싱싱한 새 꿈의 날개옷을 훠얼훨
저 찬란한 태양의 중심을 날자
안으로 안으로 솟구치는 붉은 흑점이 되자

그곳에서 우리 꿈꾸지 못한 꿈을 꾸자
그리도 그리던 곳 그리도 갖고 싶은 것
내가 원하는 모든 것을 싫증날 때까지
우리 마음대로 누릴 수 있도록

5월은 우리의 꿈을 담는 달
꿈이 있는 곳에 꿈을 담자
내가 원하는 만큼 내가 할 만큼
늘 푸른 꿈을 가꾸자 오늘을 가꾸자

푸른
꿈

무언

햇살 좋은 날 아침
눈망울 초롱초롱한 예쁜 누이동생을 보듯
가늘게 이슬 머금은 꽃잎을 본다.
얼굴 하얀 내 동생과 꼭 닮았다.
연보랏빛 꽃술처럼 파릇한 빛깔로
웃음 머금는다.
가냘픈 몸맵시가 이슬을 달고
가늘게 떨며 웃는다.
작은 웃음소리에 놀라
아침잠에서 깬 이슬들이
내게 살금 다가와 말을 건넨다.
바라보는 내 눈동자 따라
소리 없이 웃는다.
상큼한 아침
기분 좋은 아침
나는 눈으로 말한다.

하늘에서 비님 오신다

석 달 가뭄에 단비가 내리신다.
어제 밤부터 내린 금싸라기 아침까지 계속된다.
하늘이 열렸다.
하늘에서 생명수 내리신다
보배로운 물이 뚝뚝 떨어진다.
온 대지 위에 생명이 약동한다.

한숨 속에 꽃피운 날
온 대지가 숨을 쉬고 자연이 춤을 춘다.
보라! 저 물빛과 나뭇잎 사이사이 숨소리를
얼마나 갈망했던가
얼마나 애태우며 염원했던가
대지에 만물이 꿈적인다
생명이 넘쳐난다.

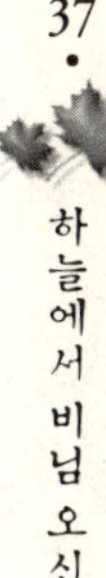

교정의 나무들처럼

긴 겨울잠에 눈을 떠 이제 새 봄을 찬양하렴.
연푸른 숲 속을 스쳐 오는 푸른 바람에 마음을 씻고
네 귀를 씻고, 눈을 씻고, 넓은 교정을 보렴
꿈이 내일을 부른다.
쿵쿵 맥박이 꿈틀꿈틀 용솟고
거칠게 몰아쉰 힘찬 숨소리에 5월이 솟구친다.
이리 닫고 저리 뛰며 고함 질러 창공을 가르는 함성
막혔던 심장이 뜨겁게 달아 콸콸 샘솟는다.
오! 젊음의 신성함이여!
5월의 푸르름이여!
봄의 화신이여 저들과 함께 있으라
알지게 자라라
이 강토를 푸르게 하라
살지게 하라
녹색 꿈이 영그는 이 교정에 내일은 밝다
21세기를 여는 꿈나무들이여 영원하라
영원히 높푸르라
이 교정의 나무 나무들처럼

푸르게 살리

산자락 따라 눈길을 옮기어
엷고 푸른 산길을 푸른 새가 되어 난다.

솜털 보송한 연록색에 묻혀
향긋한 푸른 향기 코끝에 미소 일다

눈 들어 푸른 창공을 날아
큰 숲에 들면 몸도 마음도 연푸르다

푸른 계곡 물 한 움큼 마시고
푸른 숲 보면 나도 숲이 되어 숲 속에 산다.

푸른 숲 푸른 새와 푸른 물 마시며
푸르게 살리라.

봄 같지 않은 초여름

착각에 사오리다.
정상이 非狀하여 정상화 되고
참됨이 非狀하여 非非狀이 되니
사람도 자연 따라 변화 변화되는도다

초봄인가 뒤를 보면 더위 앞에 서있고
더위 속 허덕이다 보면 가을 속에 겨울이 선다.
새월 따라 세기 따라 엎치라뒤치락 변화무쌍,
아이가 어른 되고 어른이 애놈 되고 구분이 어렵도다.

여름

비 갠 오후 손에 잡힐 듯 먼 산이 가까이 서고
서쪽 쪽빛 하늘 가장자리에 예쁜 구름떼 한가로이 흐른다
연푸른 산골 길 따라 개울물 소리 한가롭게 흐르는 산길에
꾀꼬리 쌍쌍이 연록색 화선지에 산수화를 그린다.

새벽 잠 일깨어 뜨락에 서면
밤새워 내린 안개비에
촉촉이 젖은 산자락이 곱게 머리 빗고
몸단장 새롭게 하고 아침 문안 향긋함이 코 끝에 아린다.
발소리 조용하게 골짝에 드니
시새워 안개비를 흠뻑 적셔 주는구나.

시새워 울어대는 초여름 들개구리 짝을 찾고
멀리 가까이 산꿩 목청 높여 푸득이어
바쁨에 쫓긴 산다람쥐 나뭇가지 위에 곡예 한다
힘차게 약동하는 여름의 기운 따라
들길 지나 산언덕에 서면
화풍에 배어 든 산바람이 세상 만사 정화한 듯
기분이 상쾌하다.

믿음 때문에

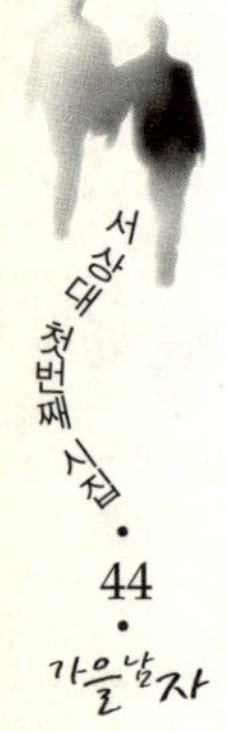

산자락 따라
가을이 붉게 익었는데
한 번은 꼭 오리라
그 믿음 때문에
길게 줄지어 날아가는
기러기 편에 소식 전하리

생각이 깊어
가을이 지기 전에 꼭 오리라
그 확신 때문에
길게 날아가 버린 기러기
저 산너머에 목말라
애태우다 목이 타 죽고 말리라

내 안의 그림자 들여다보다
가을은 날아가고
까만 밤만 가득한데
꿈에라도 만나리란 믿음이
날밤 새워 허사 되고
새하얀 가슴 멍들어
이제 한 줌 재로 뿌리고 말리라.

다람쥐 아주매

앞산 뒷산 올참나무
토실토실 살 오르고
발그레한 대춧빛
알알이 빛이 난다.

불 붙는 가을 산에
신명난 다람쥐 아주매
산천 경계 따라
이 산 저 산 내달리며
알밤 도토리 상수리
이고 지고 넘쳐 흐른다.

넉넉하고 풍성한 맘
가을 산 밖 더 있던가
세상 속 장 마당이
난장판 된다 한들
가을 산 도토리 뜻을
그 뉘 알리야.

당신을 보면

가을이 깊어
바람 끝이 차갑습니다.
가득 차고 넘친 세월 허둥대며 보내고
이제 천천히 본향으로 기우나 봅니다.
그런데 당신은
가을 속을 두려움 없이 마구 달립니다.
뒤뚱거리는 걸음걸음
넘어질까 두렵습니다.
지나 버린 날들이 그립다 말고
오늘을 걷고
어제의 나를 묻어두고
오늘은 오늘입니다.
날아가 버린 빈 향수병을 깨끗이 비우고
수돗물 정수하여
갈증을 풀어야 합니다.

소래 포구

서해의 붉은 물살을 가르며
항포구에 막배 닻을 놓고
갓 걷어올린 살진 꽃게 새우
파닥파닥 살아 숨쉬는 소래항
활기찬 삶이 넘쳐난다.

짭조름한 바다 내음
철썩이는 바다 소리
사고 파는 숨가쁜 거래 속에
삶의 힘이 샘솟고
풍성한 소래항에 가을이 살찐다.

노란 은행잎 지는 통일로 길

샛노랗게 융단 깐 통일로 은행나무 길
차창 속 얼굴마다 엷은 미소 오가고
평화로운 얼굴 얼굴마다 함박 웃음 핀다.
통일이다.
노란 은행나무 잎 속에 통일이 있다 .
평화가 묻어난다.

노란 은행잎 날리듯 사뿐히 오실 님 맞으려
곧게 뻗은 은행나무 길 따라
황금빛 노란 잎 휘날리는 이 길에서 수십 년 못 다한 정
한꺼번에 풀어 보리다.
아바이 어마이 부비고 만져 보고 이리 보고 저리 보고……
발 동동 굴러 가슴 벅차 숨이 져도 여한이 없소.

헝클어진 머리카락 흘러내린 치맛자락
아무려면 어떤가요

바람 불어 머리카락 날려도
한 손에 여민 옷자락 풀어 날려도
맨발로 뛰어 맞으렵니다.

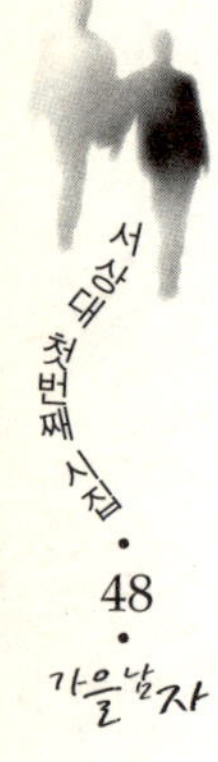

곧게 뻗은 님 오실 길에
곱게 펼친 노란 융단길로 오실 님 맞으렵니다.

당신이 오시는 길목에 우리 서 있습니다.
어서 쉬임 없이 오시지요
머뭇거리지 말고 오시지요
너무 먼 먼 길이었기에
한 아름 안아 이 은행나무 길섶에서 맞으렵니다.

찬 서리 내리던 날

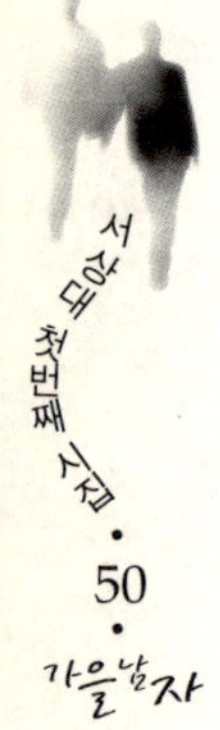

한낮을 살라 먹고
땅거미 내린 산 마을에
밤이 가득 찬다.
깊고 맑은 가을의 뒤안길
뜨겁게 달구어 이글대던 짙푸름도
소량의 미련도 남김 없이
가을 산골에 묻어 두자
이 밤 작게 숨을 쉬고
고운 낙엽 속에 깊이 잠든다.

가을 밤 별들이 꿈을 꾸던 날
오색 빛 무지개 꿈의 화려함도
열렬히 쏟아 내던 소낙비도
천지를 뒤흔들던 천둥 번개도 접어
채곡이 떨어지는 낙엽에 묻자.
낙엽은 예쁘게 떨어져 쌓인다 .
밤새워 별과 달빛을 먹고
갈잎에 젖은 무서리가
아침 햇살 받아 더욱 눈부시리라.

가을 비색을 골고루 뿌려 놓고

훌쩍 떠나던 날
높고 파란 하늘 자리
지다 만 상현달같이
가을 싣고 흐른다.

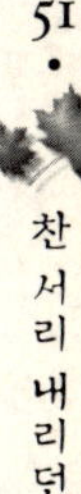

새벽 달

달아!
구만리 장천에 높게 뜬 시월 상달아
무슨 사연 그리 많아 이 한밤 지지 못해
새벽 찬 서리에 맨발로 남았는가
한 많고 사연 많아 못 다한 말 남았던가
세상 삶이 어두워서 네 빛으로 비추던가
보지 못할 억울함을 네 빛으로 씻으련가
서리서리 맺힌 한을 네 빛으로 씻으련가
남은 한이 그리 많아 이 새벽에 남았던가
세상만사 온갖 한을 밤새워 거두어서
이 한밤 지지 못해 서편에 걸렸는가
달아! 달아 새벽달아
오늘만 날이더냐 내일 다시 밝게 떠서
세상을 다시 보고 내일을 기약하지.

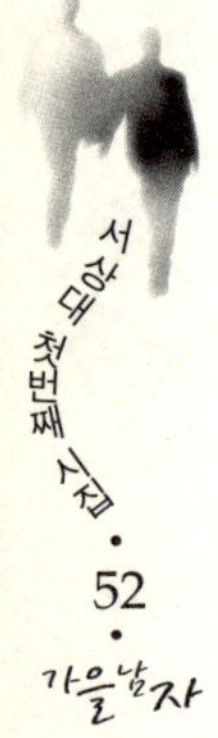

고향집

밤사이 뒷산 자락에
가을이 물들었다 .

남새밭 이랑마다 속살 하얀
살진 무 몸매가 탐스럽고
노랗게 잘 익은 밤콩
줄기마다 주렁주렁 매달려
아스라한 고향 집을 간다.
하늘 높이 웃자랐던 옥수수 삭정이에도
고향이 있고
철 늦은 애호박 덩이덩이
찬바람 속 애처로움에도
고향이 있다.
드넓은 뜨락 한켠에 몽당빗자루
이제 할 일 다 마친 시체가 된 채
갈 곳을 기다린다
웅장하던 늙은 감나무
삭정이가 되어 가슴 저리다.

무디어진 뇌리에

잡혀지지 않는 고향집 찾아드니
드넓은 뜨락에
고향은 간 곳 없고
흐트러진 마음 가눌 길 없다.

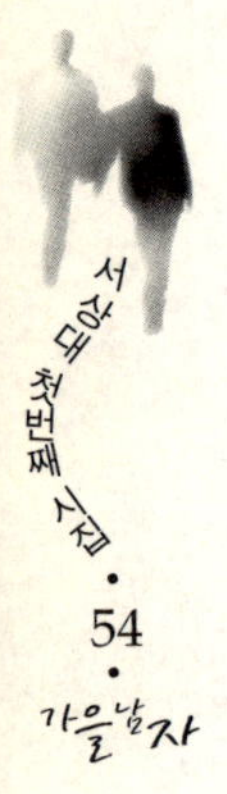

볕 좋은 가을 날

코스모스 색색이 조화를 이루고
가을 바람 살랑이는 사이길에 선 술이
꽃 따라 날고 있는 나비처럼
사뿐히 걷는 모습은 잊을 수 없다

흐르는 세월 따라 어디쯤 서 있을까
그 모습은 영원하고
그 때 그 소년은 그대로인데.

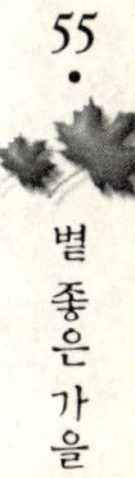

추야성(秋夜聲)

고요 속에 밤이
작은 숨을 쉬고
천상의 자장가로 단꿈 꾸신다.

별빛에 물들어 빛나는 소리
밝은 달빛 한 아름
고요의 바다 속으로
퐁당 빠져 들어
검은 단풍 떨어져
밤을 깨울까 두렵다.

푸른 은하의 물소리
밤이 부서질까 곱게 흐르고
견우 직녀 애타는 마음
이슬 되어 흐른다.

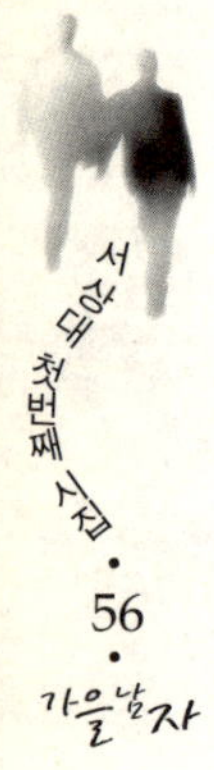

가을 서정

1

청명한 아침 찬 공기에 몸이 가늘게 떨린다.
철을 잊고 밤사이 무서리가 여름을 무참히
밟고 지나갔다.
전쟁터 폭격 맞아 불탄 자국처럼 참담하다.
줄기찬 호박넝쿨은 간 데 없고
미루나무 꼭대기에 매달린
애호박이 애처롭다.
길게 뻗은 고구마 줄기 밭둑으로 넘치더니
서리맞아 검게 시든 잎이 비참하다.
조석으로 밥상 위에
제철 입맛 올려주던 정성은 간 데 없고
텅 빈 밭머리에서 지난 시간을
참회하는 마음으로 눈을 감는다.

2

밤 새워 울던 풀벌레 소리 간 곳 없고
어제 밤 둥근 달이 서편 창문을 뚫고 들어
곱게 패인 내자(內子) 얼굴을 감싸안고
유수 같은 세월 앞에 시름소리 애처롭다.
그리도 곱던 얼굴 환갑 진갑 지난 오늘

어찌 그리 그늘져 보일까
하기야 깊고 굽은 길 걸어 수십 년 세월
제 한 몸 던져 놓고 사부자 건사하니
갓 스물 다섯 나이 막내로 티없이 자랐어도
서른 여섯 해 넘다 보니 남는 것은
주름진 얼굴에 시름만 깊다.

3

청명한 볕 좋은 날
양지 바른 한 편에
십 수 년째 함께 살아온 얼룩 고양이
눈에 초점을 잃고 흐르는 세월에
생사의 갈림길에
주인을 본다.
사고무친 한이 없겠냐마는
마지막 가는 길에 국화꽃 뿌려
이별을 고한다.

4

별이 쏟아지는 날 밤
텅 빈 들녘

지난 여름 싱그럽던
삶의 창가(唱歌)는 가고 없다.
우렁찬 한 여름 밤의 풀벌레들의 합창
밤새워 불러도 채워지지 않은 사연들이
이제 텅 빈 들녘 공허만이 가득하다.
저만큼 다가선 찬 겨울이
이 광야를 얼게 하리라.

가
을
서
정

가을 남자

청아한 이 아침
저만큼 손 저어 멀어져 가는
초라한 여름을 송별하고

아아 나는 나는 저 산에
활활 불타는 가을남자
어느 새 내 몸에는 울긋불긋
사랑이 색칠되고
시와 낭만이 줄을 서지요

봄꽃의 화려함인들
이보다 더할소며
여름에 못 느꼈던 요염함 또한
이보다 더할까 보냐?

허나 할 말 다 못하고
쉬이 낙엽 되어 떠나야 하는 몸
아직도 마음은 풍성히 설레이는데

<u>오요요</u>
진실로 나는 가슴 빠알간

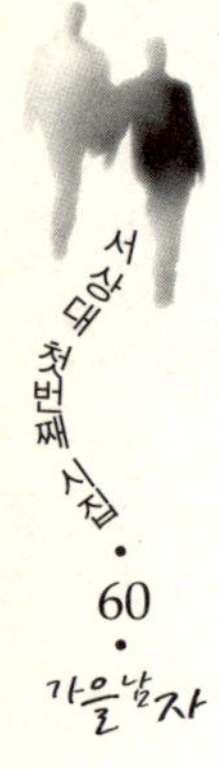

늦가을 단풍

어떻게 마지막 곱디고운 열정 쏟다가
어떻게 조용히 말없이 가야만 할지

가
을
남
자

가을을 보려면

화려한 단풍이 마음을 휘젓는다 해도
황금 벼가 논밭을 가득 채운다 해도
마음이 가을에 머물지 않는다면
우리의 가을은 멀리 가고

암흑이 세상을 뒤덮는다 해도
면벽(面壁)하고 세상을 등진다 해도
마음이 따뜻하고 풍성하면
언제고
가을은 내게 와 있다.

마음의 가을
풍성한 가을

마음의 흐름을 따라
가을은 온다
살포시 안긴다.

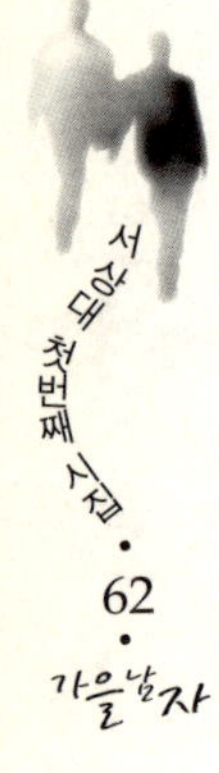

가을 밤

눈을 감으면
조용히 밀려오는
작은 흔들림의 나뭇잎 소리
달빛에 묻어난다.

청아한 작은 풀벌레 소리 엮어
가을 싯귀 한 구절 읊조리면
쏟아져 내린 별조각들
뜨락 가득히 채워져
가을밤이 풍요롭다.

가을 산행

만 가지 잎이 감돌아 휘감기는 산허리 좇아내려
상큼한 秋風이 오색찬란한
잔물결 진 낙엽을 몰아 하늘색과 조화되고
휘어 감긴 칡넝쿨은
여인의 치마폭 같은 암반 사이를 비집고 들어
붉은 단풍 물이 가을빛에 일렁인다.

청록색 사이를 뚫고
다홍빛 단장한 개옻나무 잎이 석양에 더욱 붉고
성글성글 우뚝 선 올참나무 잎을
색종이 날리듯 흩뿌려 나를 환영한다
뚝심 좋게 버티고 선 천하장사 선바위가 계곡을
지키는 수문장인가 오가는 길 안내를 다 하는구나

작은 계곡 따라 실핏줄 같이 가늘게 흐르는
청강수는 붉으락푸르락 열병 들린 산행길을
간간이 목을 축여 주고
가파른 산허리를 가쁜 숨을 몰아쉬어
하늘 아래 올라서니 꽃구름 탄 선남(善男) 같고
꽃 무등 탄 개선 장군이 양 화색이 만면하여
두 팔 벌려 답례하고

차마 떨어지지 않는 발길을 등뒤로
산을 넘는 석양을 길동무하여
아쉬운 마음을 진정하고 천천히 가을 산을 내려오다.

가을산행

가을비

숲 속 작은 길섶을 줄달음쳐
산골 돌다리 길을 뒤로
아스팔트길에 허둥대며 서성이다.
코끝을 훔치는 미미한 시골 내음이
커피 향에 희석되어 갈팡인다.
조용한 음율이 가늘게 흐르는 찻집에서 나를 잠재우고
감긴 눈 속에 가을비가 사록사록 고향집에 머물다.

빗물이 드는 산자락을 보면
나는 우수에 젖는 소년이 되고
어리광부리는 나를 달래는 소녀를 찾는다.
날개 좁은 우산을 받쳐 쓰고
좁은 산길 걸어
작게 뛰는 심장박동에 놀란 가슴을 달랜다.

비는 나를 위해 내리시나 보다.
쉬임 없이 비만 내렸으면 좋겠다.
예쁜 소녀가 나를 기다리는 산골 작은 찻집
좁은 가슴을 조용하게 가누며 기다림에 차 있다.

가을 축제

에머랄드 하늘 곱게 날아
사뿐이 내려앉은 천사들의 군무(群舞)
오색 단장한 숲 속에 너울너울 어우러진다.
싱그러운 솔내음
뜨거운 심장
가을이 무르익는다.

까만 눈동자는 무엇을 응시하는가
해맑은 미소는 무엇을 갈구하는가
뇌성(雷聲) 같은 함성은 무엇을 압도하는가

눈부신 시월의 햇살
대지를 살포시 감싸면
저리도 맑고 고운 눈빛과 미소와 함성은
가을과 함께 영글어 간다.
천사들은 오늘도
초롱초롱 꿈을 먹는다.

가을 저녁

실눈썹 그린 초승달이 지붕 위에 걸쳐 있고,
산벚나무 붉게 물들어 낙화되어 떨어진 밤
검게 물든 가을 밤은 솔솔 바람에 잠들다.

철없이 우는 서릿병아리 가을 밤은 깊어가고
풀숲을 헤젓는 산고양이 잠든 산새 일깨우니
깊어간 가을 밤이 고양이 발에 술렁인다.

산비탈 외딴집은 가을 밤에 잠이 들고
산허리 감돌아친 밤 안개에 묻혀 있어
지상 천지 낙원이 운학(雲壑) 정이 아니더냐

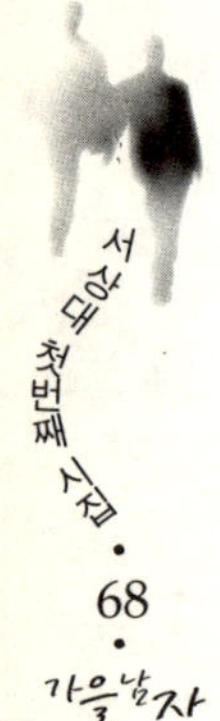

가을 수채화 · 1

좁게 흐르는 산비탈 실개천 길 따라
벼이삭 휘어진 논둑 길을 헤집고,
작게 뚫린 논둑 길에 들면
살진 메뚜기떼 날아
일렁이는 벼 포기에 숨는다.
논 개울 잔물에 물새우 꼬리 털고 헤엄치며
올 여름 깨어난 하얀 쌀 붕어가 주둥이 들어 뻐끔인다.

맑게 뚫린 산 계곡 숲을 지나
평퍼짐한 산구릉 언덕에 올라
더 높은 바위산 꼭지를 보면
바위틈 비집고 모질게 자란 소나무가
솔솔 부는 가을 바람에 더 가련하다 .

산 꼭지 높이 떠 어지럽게 빙빙 도는 솔개 놈이
가을의 파수꾼인가
파란 하늘가에 한 점 점으로 사라진다.

곱게 물든 가람나무 잎을 입에 물어보고
빨갛게 물든 개옷나무 잎을 따 윗주머니 속에 꽂고
가을 신명 들린 소년 되어 갈숲 속에 묻힌다.

가을 해는 벌써 긴 산 그림자를 드리운 채 저만큼 굽어보고
산 그늘진 작은 길을 따라
붉게 물든 저녁 해를 등지고 동구 밖 어귀에 서면
토담집 굴뚝엔 저녁연기 평화롭고
가마솥 햅쌀밥이 저녁상 위에 웃는다.

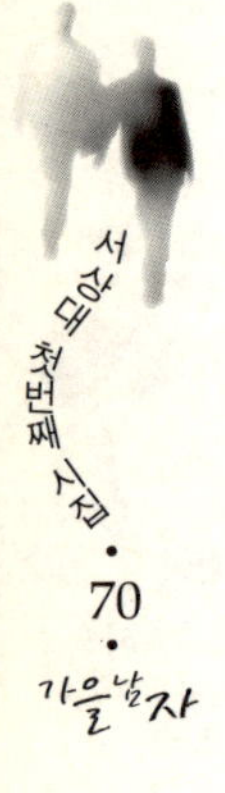

가을 수채화 · 2

뜨락의 국화 향기
꽃잎은 꿀벌 품고 사랑에 취하고

쌉쌀한 가을 바람 임의 마음 불러오고
서산에 걸린 해가 가을을 재촉한다.

황금 밭 들녘에 허수아비 할 일 잃고 우뚝 선 채
지난 날 되돌아보며 너털웃음 웃는다.

털다 남은 대추알이 나무 꼭지에서 춤을 추고
가을 암탉 꺌꺌대며 알자리를 찾는다.

앞 뒷산 올밤나무 큰 입 벌려 웃음 웃다
이 빠진 사이로 밤알을 쏟아놓는다.

가을은 주고 받는 만감의 계절
사랑의 전령사.

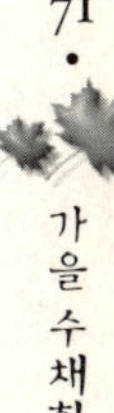

3부. 겨울비를 맞으며

어머님의 기도

침전된 아침
겉물 쉬쉬 걷어내고
속 샘물 깊게 한 두레 떠받들어
청정한 별빛 모아
당신의 소망 천공(天空)에 올리신다.

뜨거운 열망
한겨울 새벽을 가르고
모아진 손끝에 김이 서린다.
음조 고른 말끝은 끊김이 없고
그 뉘도 알 수 없다
오직 당신의 손끝에 전해질 뿐이다.

아침을 여는 서리 병아리 울음에
조용히 자리를 비우고
총총히 원점으로 서신다.

장모재 넘어 가는 길

首邱初心이라더니
칠십 세월 귀 접어둔 오늘
장모재 넘어 외길 반평생
신작로 길에 든 지 수십 세월
반백(半白)에 주름이 깊다.

"큰 사람 되어라"
이 골 안에 너 밖에 없다
하시던 당신의 큰 꿈
헉헉대며 힘 다할 때도
"큰 사람 되어라"
다그치던 당신의 눈빛
그 때 그 사람은
훈장 삼십여 년
이제 가려 합니다.
장모재 넘던 그 길
다시 돌아듭니다.

손 저어 가라 하시던
동구 밖
흔적만 남기신 채

세월의 꼬리만 잡고
두 발 동동 굴러 돌고 돌아
그저 원점으로 돌아듭니다.

장모재 넘어 가는 길

돌아보면

돌아보면 아득한 먼 길을
절며 걸어 30년.

아침 안개 곱게 핀 날
노랗게 새싹 돋아
따뜻한 양지 따라
파란 넓은 초원으로
무작정 뛰어 들었던 길.

거센 폭풍우 거슬러
온몸으로 받아 내며
해가 나면 맑은 길
비가 오면 젖은 길 걸어
아득히 걸어 삼십 년 길.

일렁이는 가을 볕 받아
잘 자란 황금 벌 보며
기쁨도 잠시 접고
또 내일을 더듬어
삼십 년 걸어온 길.

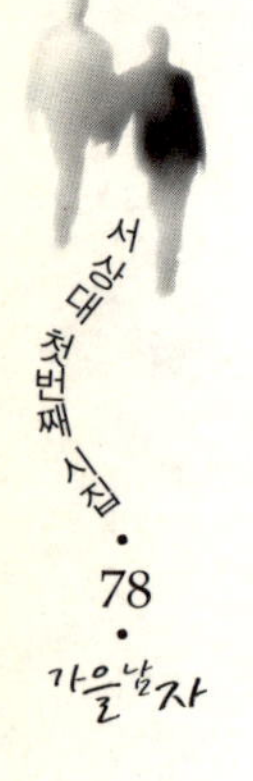

눈 덮인 산장을 돌아들어
아득한 내 발자국에 또
눈이 덮인다.

돌아보면

고목

구멍난 빈 하늘을 본다.
허공을 맴돌아 사라지는 메아리로 돌아온다.
철 따라 곱게 갈아입고
개선장군이 되어 당당한 위엄이
하늘을 가르고
그늘이 되어 더위를 막아 주고
향긋한 꽃잎으로 얼러주던 깊은 사랑
곱게 새긴 역사의 장으로
한 장 한 장 넘기는 힘마저 가버렸다.
이젠
조용한 꿈을 꾸며
겨울 잠 속에
영원한 꿈으로 채우다.

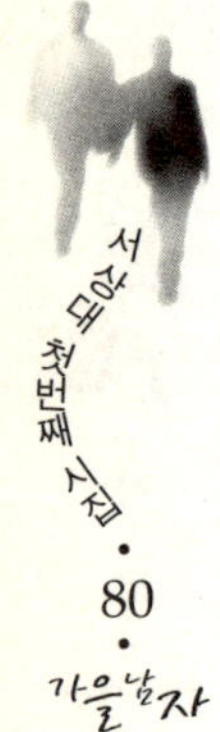

송년(送年)

한 여름 소나기 지나가듯
천둥번개 번쩍하는 사이
세월은 가버렸지요.
뒤돌아 볼 여유도 없이
좋은 일 궂은 일 상처 하나 남김없이
모두 앗아가 버린 지금
세월은 참으로 신약(神藥)임을
알지요?
젊은 시간은 그리도 더디더니
나이 든 세월은 왜 그리 빠른지요.
이제
크고 작은 아쉬움도 뒤에 묻어두고
무거운 커튼을 활짝 걷고
새날의 새벽을 맞아
상큼한 미풍에 머리감고
작고 예쁜 새싹에 맺은
방울방울 이슬처럼
희망의 싹을 가꾸어
내일의 열매를 생각합시다.

사랑의 종

거리에는
구세군 사랑의 종소리
떨그렁- 떨그렁- 떨그렁
사랑을 모읍니다!
행복을 나눕니다!
누구라도 오세요
즐거움을 저축하세요!
떨그렁— 떨그렁— 떨그렁

오가는 손끝에 소복이 쌓이는 사랑
꽁꽁 얼어붙는 얼음장 속에서
파란 새싹이 솟고
찬 바람 부는 날에도
사랑의 잎은 지지 않는다.
떨그렁— 떨그렁— 떨그렁

기다림 · 1

그 날은!
함박눈이 내렸으면 좋겠다.
하얀 눈밭 속을 내 발자국 따라
다시 포개어 걷는 이가 누구일까.
내 뜻대로 걸어도 뒤를 따르는 이
내가 한 발 들고 걸어도 그렇게 따르는 이
내가 멈추어 서면 그렇게 멈추고
내가 대(大)자로 누워도 그렇게 눕는 이
하얀 눈이 차곡히 쌓이는 좁다란 길에 들면
넘어지지 않게 꼭 붙들어주는 이면 더 좋다.
날이 차다.
두 손을 꼭 잡아 녹여주고
하얀 입김으로 호호 불어 주는 이
털 오바 깃을 추켜주고
인적 드문 산장 카페에서
색깔 짙은 차향을 음미하며
활활 타는 벽난로에 의지한 채
그렇게 눈을 감고
영원히 잠들었으면!

기다림 · 2

잠 오지 않는 밤
추억을 간다.

아스라한 꿈길 밭에
수줍은 당신을 본다.
어서 오라고 어서 앉으라고 손을 내어준다.

애끓게 갈망한 너였기에
눈물이 괸다.
두 손 모아 감싸 안고 가슴에 품어 안도한다.

좁은 가슴 저미며
조용히 펼쳐 본다.
그래 그래 당신을 기다렸다.

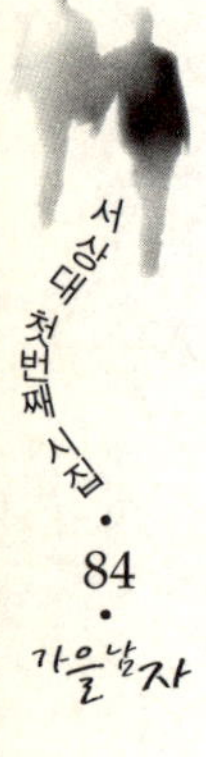

몸부림

무겁게 깔린 회색 빛 하늘
숨구멍을 막아 허우적이는 것 뿐
쿨럭 · 쿨럭·· 쿨럭…
땀방울이 흠뻑 젖어
버둥대는 몸부림
회색 하늘이 언제 걷히려나
파란 하늘 자리를 언제 보려나.
세상이 유행성 바이러스에 걸려
허우적이는데…

마음이 어두운 날

짙은 회색빛
하늘만큼이나 답답한 날

겨울비라도 뿌리시려나
진눈깨비라도 오시려나

회색빛 하늘만큼이나
내 마음이 어둡게 가라앉았다.

퇴색된 앞산 자락을 보면
산자락만큼이나 어두운 나를 본다.

잠시 한숨 돌리라는 뜻일까
이제 그만 멈추어 서라는 뜻일까

소년이 가면 청년이 오고
청년이 가면 중년이 오고
중년이 노년이 되는 것을
무엇이 그리 미련인가

끊임 없는 감정의 소용돌이 속에
그렇게 한 세월 가는 것을.

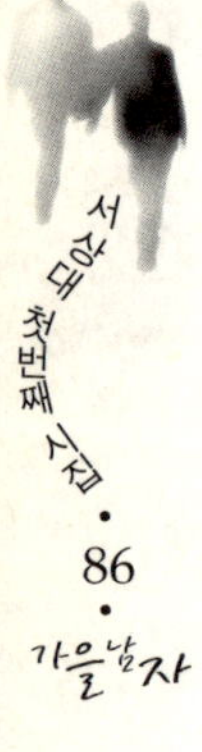

冬鄕

한 세월 지나 남은 세월 가야 한다면 이제
당신 곁으로 작은 마음 안고 가겠습니다.

남은 세월 지나는 길에 누굴 불러야 한다면 이제
흙내음 짙은 당신을 부르겠습니다.

먼 먼 산너머에 당신을 볼 수 있다면 이제
단숨에 달려 뒤꿈치 올려 들고 당신을 보겠습니다.

내 지금껏 살다 그 한 가지 용기도 없었다면 이제
당신을 향한 큰 용기로 당신을 가지겠습니다.

내 누굴 위해 노래를 불러야 한다면
오선 상의 악보는 읽지 못해도 이제 당신을 향해
정성을 다한 내 노래를 바치겠습니다.

내 지금 슬프고 괴로움이 밀려온다면
그 괴로움이 큰 슬픔이 되더라도 이제
당신 때문에 참아내겠습니다.

이 겨울 창밖에 한설이 내리고 별무리 없는

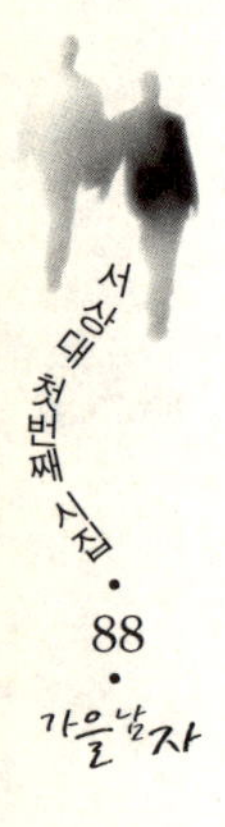

칠흑 같은 밤이 오더라도 이제
당신을 본다면 맨발로 뛰어 가겠습니다.

이 겨울 긴긴 밤을 고독해야 한다면 이제
아침녘 창이 밝더라도 고독하겠습니다.

네모진 유리창살 사이로
스무날 그믐달이 네 소원 말하라면 이제
새벽 잠 꿈속이라도 당신을 보여달라 하겠습니다.

설날 아침

흔적 없이 지워진 흐르는 강물에
내 발자국을 남기고 싶다.
지나온 발자국에 상처가 덧씌워지고
다시 흘러가고 설날 아침

슬픔도 노여움도
상처 없는 강물에
삶의 터를 닦고 싶다.
허우적이고 바둥대는 삶이
고통을 더해 애절하더라도
검은 발목 잡아매어
새 신발 신겨 다시 살라
하시는 당신의 뜻을….

해마다 초심으로
빈 항아리에 고운 가루 채우듯
흐트러진 곳 없이 여미고
또 다져 한정된 시간
넓지 않은 발을 조심조심
돌맞이 아기가 되어
걷고 싶다.

겨울 뜨락

남쪽 향(向)을 한 내 집 뜨락
옷 벗은 나무 틈새로
겨울 볕이 다정하다.
산 속이 외로워 내 집 뜨락에 날아와
놀다 가는 솔새 박새가 반갑다.
가끔 부는 초겨울 바람이
뜨락을 돌아
지난 가을 흘려 놓은 가랑잎을
이리 저리 굴리고 달아난다.
지난달만 하여도
산과 들에 알록달록 물든 잎이
가득 차 숨쉴 틈조차 없던
나무며, 풀들의 당당함은 흔적 없고
시원하게 툭 트인 뜨락에
초겨울 볕이 정답다.

넘겨주고 받는 자연의 세계
탐하지 않고
미련 두지 않는
계절이 원하는 대로 주고
뒤보지 않는 아름다운 이별.

찬 겨울 바람도 훈훈하고
영하의 날씨도
더욱 포근하고
따뜻하다.

겨울비를 맞으며·1

소슬한 북풍에도 떨며
벌거벗은 나무들이 알몸 속 깊이
겨울비를 맞는다

비는 머리 부분을 정점으로
가슴 속 마음 속 속을 적시다
온 삶의 미세한 부분 부분에까지 미치더니
급기야는 실핏줄을 타고 내리며
고독에 허무마저 곱씹게 한다

도대체 산다는 건 무어며
보람이란 또 무어란 말인지
흰 피톨과 붉은 피톨은 끝내 화합이 어려운 건지

내깐엔 평생을 두 팔이 시리도록
당신의 하늘을 한껏 다 받쳐주며 살았다 싶은데
나름대로 신명을 다해 살아왔다 싶은데도
그러나 돌아보면 내 초상은 언제나
저만치에 어렴풋이 초라할 뿐

사위(四圍)가 어둑어둑 어두워지면

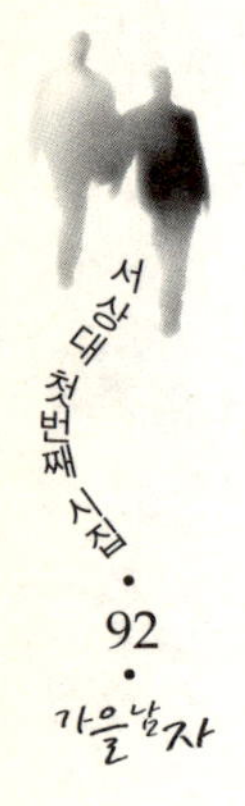

왠지 점점 더 삭막해지고 황량하기까지 한
내 지나간 연년의 편린(片鱗)들이여

이 아침 나무는 새삼 겨울비를 맞으며
돌연변이를 일으킨다
문득문득 깨어나는 세상을 만난다.

언젠가는 벼랑 끝에서 바람들에조차
그 어떤 깊은 의미를 건지게 한다.

겨울비를 맞으며 · 2

등 굽은 나무에 외로움의 빗물이
줄을 서네

사노라 짜증스런 도회의 거리에도
회색 빌딩들에도
역시 별 수 없이 미미하기만 한
그런

그런 나의 하늘에도
당신은 때때로 겨울비인가

물오르듯 괴어 오는
무수한 삶의 허움에 그 애환들
왜 사람들은 쉽게 좌절하고 또 아프게
절망하면서도
그렇도록 미련을 버리지 못하고 있는
것인지

푸르른 상념의 하늘가
오늘도 나는 거북 등 같은 표피 속 병아리 털같이
여리디 여린 너를 감싸안고

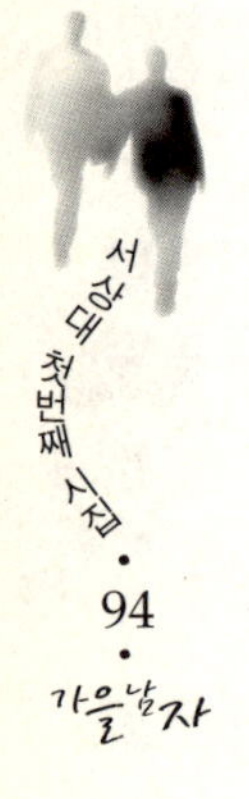

오직 사랑하는 네게만 줄
노오란 부리의 귀여운 밀들을 연습한다.

쉬임 없이 아낌 없이 내게 주던
모든 것들, 가뭄 들어 마를까 폭풍우에 꺾일까
서리맞아 시들까

아아 전생(全生)에 생명만 주다
등 굽은 내 어미나무에도.

꿈꾸는 백년 섬

통통 뱃길 아득한 곳 꿈길이더니
문명에 밀물이 단숨에 넘나든다.

밀려 가고 밀려 오는 수만의 세월에
갈고 엮은 고운 맵시 덩실덩실 넘쳐 나고
뭍에 사는 길손들 정성 다해 맞는다.

천천히 뱃머리 돌려 해면 위를 미끄러지니
인당수 푸른 물빛 절벽에 깨어지고
수면에 뜬 해금강이 뱃길 위에 춤을 춘다.

세상사 인간 삶을 아는지 모르는지
지고 세는 세월 따라 꿈을 꾸는 백년 섬.

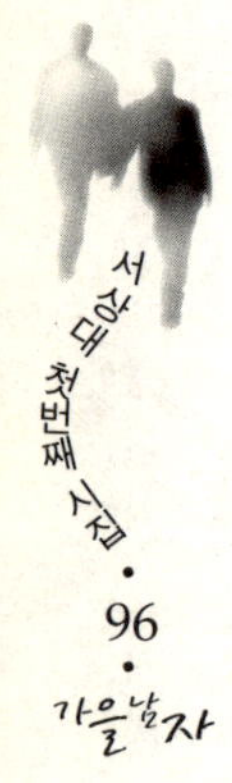

同行

밤 그림자 어두운 날
내 옆을 초연히 떠나 버린 날
텅 빈 마음 자리에 함께 할 누구 하나
같이 걸어 갈 수 있었으면 좋겠다.

달빛 밝은 날
혼자인 내게 공허함만 죄어드는 날
텅 비어 버린 내 뇌리에 함께 할 누구 하나
함께 할 말벗 하나 있었으면 좋겠다.

밀물처럼 왔다 떠나 버린 날
사방을 더듬어도 빈 공간만 보이는 날
정적만 더해 밖을 보면 빈 자리 뿐
그림자 되어 함께 할 누구 하나 있었으면 좋겠다.

동
행

새벽

어두움을 거두어 꼭꼭 접어두고
찬란한 아침
성스러운 빛의 고마움
오늘의 우리 세상에 펼친다.

밝은 태양 빛
온 누리에 가득하고
오늘 내가 있음을 사랑한다.

당신이 보시기에 좋은 날
두터운 대지를 밟고
살아 숨쉬는
복된 우리의 삶.

내일이 있어 꿈을 갖는
미래에 사는 우리.
새벽은 늘 감동적으로 다가와
세상을 새롭게 한다.

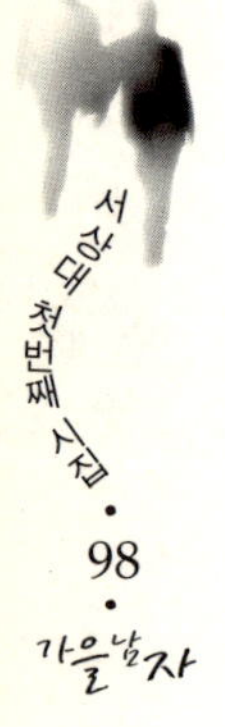

꿈

꿈은!
작고 화려한 꿈이 아니어도 좋다
아주 작은 꿈도 멋이 있는 꿈은 생명수와 같다

꿈은!
많이 가져도 좋고 작아도 작은 대로 좋다
내 앞에 있는 꿈을 찾는 것도 소중하고
먼 곳의 꿈이라도 좋다

순간의 건강한 꿈
내일의 꿈
아니 일년 수십 년 후의 꿈
먼 먼 미래를 보는 꿈
꿈은 식지 않아야 한다

꿈이 있고 꿈이 계속되는 한
소년도 소녀도 늙지 않는다
영원한 젊음이 있을 뿐이다
이것은
우리의 건강한 삶의 실천이다
건강의 증표다

내일을 보는 설렘이며
우리 모두의
즐거움이다.

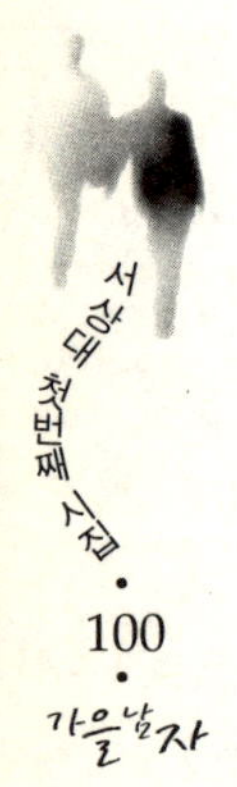

오솔길

넓은 세상 헤집고
이리 닫고 저리 뛰고
천길 낭떠러지
난간에 아슬한 곡예하는 세상 등에 지고
부들부들 떨며 오늘을 산다.

이승과 저승이 엇갈리며
달리는 세상
거친 숨 몰아 쉬며 외길을 걷는다.
이젠 작은 길을 걷고 싶다,
인적 드문 오솔길을 걸어
보고 싶지 않는 넓고
비수(匕首) 같은 세상 길 뒤로 하고
이 오솔길에서 영혼이 되고 싶다.

저녁 해

한낮을 살라 먹고 붉게 멍든 저녁 노을
동서를 가로질러 잠시 잠깐 머물다가
아쉬워 아쉬워서 불빛으로 멍들었나
헤어짐이 아쉬워서 피눈물로 멍들었나
속마음 애태우다 핏빛으로 멍들었나
석별의 정 나누다가 한잔 술에 물들었나
말 못할 깊은 사연 열정으로 멍들었나
못 다한 정 못 다한 말 기약 없이 밀쳐두고
붉은 여운 남김 없이 한 줌 재로 남누나.

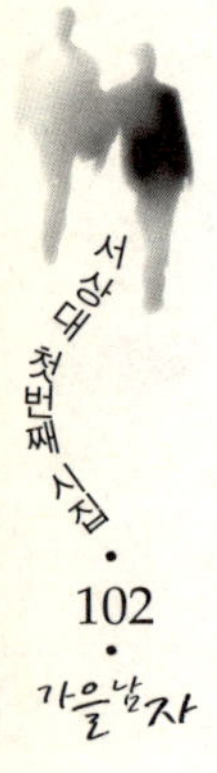

해금강 거제항에 배를 띄우고

옹기종기 모여 앉아
도란도란 정답구나
갈매기 끼룩끼룩 작은 파도에 실어 덩실덩실 춤추고
사록사록 부딪히며 하나 되는 몽돌들의 속삭임
수백 만년 한결같이 넓고 깊게 닦아온 정
내 이 짧은 생각에 깊은 참뜻 헤아리기 어려워라.

해면 위를 미끄러져 외도에 당도하니.
철늦은 동백꽃이 잎새에 숨어 수줍어하고
저만큼 꽃무더기 활짝 웃고 반기누나
이국의 정취 한껏 뽐내더니 산허리 푸른 솔이
별수 없이 우리 산하로다.

뭍을 떠나 바위섬을 돌고 도니
사자바위, 촛대바위, 미륵바위, 신랑바위, 각시바위
제몫을 다 하구나
다소곳이 손을 모아 각시바위 바라보니
연지곤지 붉게 찍고 신랑 앞에 나서더라
이 섬 저 섬 하객들이 깔깔 웃어 축하며
낙조에 붉은 빛이 축원하고 일몰ㅎ더라.

4부. 마음에 두고 싶은 사람

당신은 마술사

나를 꼭꼭 묶어 버린 마술사
당신 앞에서 나는
꼼짝 못하는 바보가 되었다.

그러나 그 마술의 힘이 있기에
나는 용기와 지혜를 배웠다.

당신과 함께라면
무엇이든 할 수 있는 나는 마술사

당신이 나를 바보로 만들었기에
나는 슬기로운 마술사가 되어
내 안에 갇힌 나를
자유롭게 풀어내고 있다.

당신을 사랑할 때는

내 눈은 모든 것이 예쁘고
내 마음은 너무 관대하였습니다.
봄의 작은 새싹 속에서 당신의 예쁜 작은 손을 생각했고
무더운 여름 한철 천둥 번개가 치고 소낙비 속에서
비에 젖은 당신의 가냘픈 어깨를 생각하고,
가을 산 단풍잎 진 산길에서
곱게 꽂은 머리의 단풍을 생각하고
눈보라 치는 한길에서
저만큼 날 찾아오는 길가에 서서 가늘게 떨고 있는
당신의 손을 꼭 잡아 주는 포근함을 생각했지.

사랑하는 마음은 모든 것을 용서하고
그토록 마음이 부드러운 걸 난 그 때 느낀 거지.

사랑하기에 강해지고, 사랑하기에 부드러워지고,
사랑하기에 봉사와 희생 정신이 강하고,
사랑하기에 양보심이 강하고 매사에 적극적이었지.

여보!
이제 사랑할 그 때 그 순간
그 소중하고 귀한 것을 가슴 깊이 새기오.

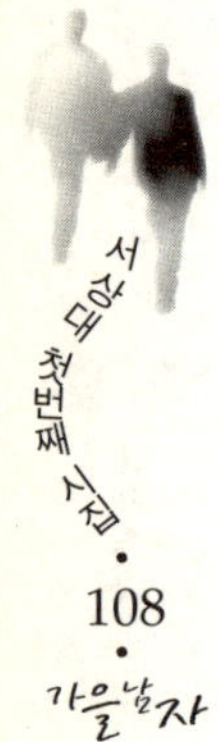

작아진 당신을 보면

당신을 보고 있으면
옛날보다 왜 작아 보일까.

풍성한 마음 더없이 커서
지켜보는 이들의
부러움의 대상이었지.
눈 속에 나를 묻고
입가에 사랑을 노래하였지.

손을 포개어 꼭 잡고 있을 때
촉촉이 젖은 체온이
더욱 뜨거워 젖어들고
깊은 속말은 없어도
나의 가슴엔 늘 이야기가 살아 있고,
낭랑한 음색(音色)
한겨울 샘물 속 서리꽃 피듯
차갑지만 온유하였지.

당신과 나 마음에서 마음으로
전위(轉位)된 생각은
당신이 나를 앞질러도 가고

난 젖먹이 어린애가 되기도 했지.

아!
지나온 세월은
어제인 듯한데
나를 따른 뒤안길이
죄스럽기 그지없어

무심한 시간 속에
작아진 당신을 보면
나를 당신으로
당신을 나로 옮겨
내일을 맞고 싶소.

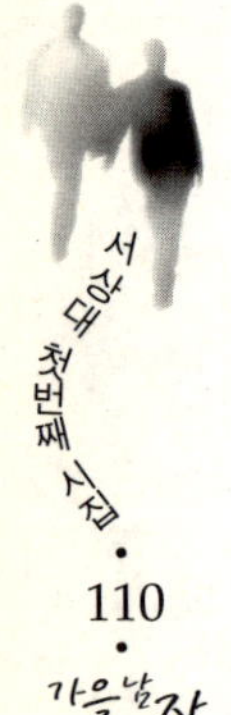

마음에 두고 싶은 사람

잠시 잠깐 오수(午睡) 속에
잠깐 만난 사람.
무심코 지나쳐 생각 속에
떠오르는 사람.
부담을 주지 않고
길을 안내 받고 싶은 사람.
등산길에 마음 편히
시원한 물 한 컵 권하고 싶은 사람.
거주 성명 묻지 않고
약속 없이 만날 것 같은 사람.
한결같이 변함없이 일직선상에
같은 얼굴로 마주 하는
그런 사람이면 언제고 비워둔
마음 속에 오래 간직하고 싶다.

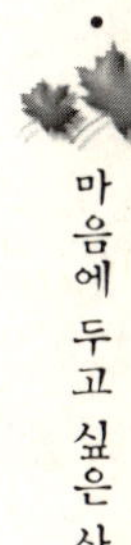

사랑의 순종

사랑합니다.
나 당신을 사랑하기에 모든 것 버리고
오직 당신을 따르는 길 밖에 더는 없습니다.
혹여 칠흑 같은 밤이라도 깊은 늪이라도
그 길을 걸어 들겠습니다.

마음에 당신을 품고 있다면
돌 자갈밭이라도 두렵지 않고
날개 잃은 천사라도 두렵지 않습니다
한 날개 휘저어서라도 따르리다.

살아 숨쉬는 사랑이 있음은
오직 사랑하는 마음 하나로 자유의 날개 달고
내게 나를 맡기며 힘껏 취해
사랑하는 마음 하나로 살겠습니다.

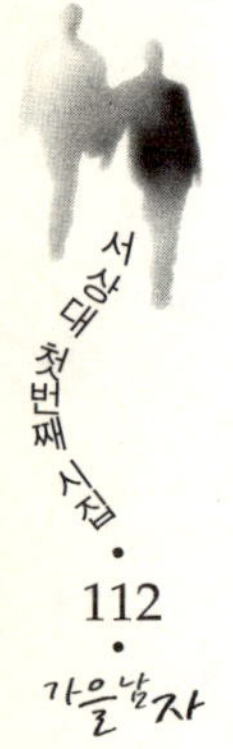

사랑하는 마음

사랑한다는 것은
나를 버리고
그를 따르는 길이며
설혹 어둡고 깊은 늪이라도
그 길을 걸어드는 것이다.

마음에 그를 품고 있다면
척박한 대지가 두렵지 않고
날개 잃은 천사라 한들
두려움이 없으리라.

살아 숨쉬는 사랑이 있음은
믿음으로 자유의 날게 달고
내게 나를 맡기며 힘껏 취해
사는 게 사랑하는 마음이다.

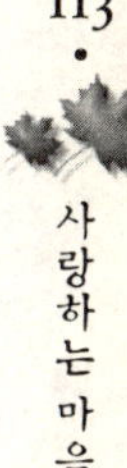

사랑해요

알로하— 알로하—
엄지 새끼손가락 흔들흔들
듬뿍듬뿍 사랑 주고받는 미소 속
각인 각색 알로하!

사랑은 하나
내가 뒤질세라 너나 없이 알로하—

와이키키 동남쪽 쪽빛 바다
물새들 끼룩끼룩 알로하
일렁이며 밀려오는 은빛 파도
사락사락 철썩이며 알로하—
향기 짙은 섬 색시 파아란 미소
알로하는 두근두근 사랑이래요

떠나간 사랑

떠나간 사랑은 더 소중하고 그리워진다
정원에 베어 없어진 나무처럼
다시 제 자리에 서지 않는다
그저 정성을 다해 가꾸었던 그 잔상만 선하다
그러기에 더 잊어지지 않는다.
누구에게나 그런 사랑의 경험이 있기에
후일 네게 값진 선물일 수 있다
어쩌면
그 아픈 사랑의 상처가 더 아름다운
사랑의 선물이 될 수 있다
떠나 보낸 사랑을 생각하기 때문이다

슬픈 사연

화사하게 활짝 열린 은백색의 세상,
태초의 세계가 열리고
온 누리는 하얀 사랑으로 뒤덮였을 것을.
수만의 세월의 연 겹으로 찢기고 할퀴어 밀려온 세월에
오늘!
거친 발로 새하얀 이 길을 걸어
가슴에 거친 발자국을 남겼는가.
지다 만 새벽달 보며
가슴 짓눌린 삶에 한숨짓는 사람들 생각하며
네모진 들창문 너머로 실낱 같은 작은 꿈을 꾸며
오늘을 기대하는 사람 사람들
황막한 들녘 인적 끊긴 막다른 길에
온갖 고초 한 몸에 지고 잡초 같은 사람들
오고 가는 십자로에 발끝에 채는 자갈 같은 삶을
구걸하는 사람들의 하소연
가시 숲 속 이름 없이 피었다 세상 구경 한 번 없이
사라진 희뿌연 풀꽃 같은 사람들
못다 꾼 꿈길 아스라하게 지워진 모습
아련히 미련만 생각하는 사람 사람들
황막한 들녘 한 모서리 새매에 쫓겨
깃털 잃은 들새처럼 이 겨울 날지 못하고

작은 가슴 할딱이며 삶을 애걸하는 구차한 사람 사람들
지하철 한 귀퉁이 신문 펴고 새우잠에
기약 없는 내일 보며
이리 뛰고 저리 뛰는 들개 같은 삶을 사는 사람 사람들
지친 발 끌며 갈 곳 없이 허덕이는 부도난 인생
삶을 술 한 잔에 의지한 채
황막한 맘 한숨으로 날려보낸 사람 사람들
이 슬픈 삶을 누가 치료하며 다스릴까?
주님!
이들을 불쌍히 여기시고 슬픈 이들의 눈물과 한을
당신의 힘으로 어루만져 주시고
마르지 않는 눈물 자국을 지워 주십시오.
당신을 사랑하는 마음으로 간곡히 기원합니다.

내 안에 있소

"사랑합니다"
너무도 때묻은 이 한 마디 흔한 말 밖에는
다른 말을 가지지 못한 가난에 웁니다.
처음보다 더 처음인 순종과 참된 진실을
이 거짓말에다 담을 수밖에 없다니요.

한 겨울 밤 부엉이 울음으로
여름 밤 소쩍새 숨 넘어가는 울음으로
윤달 긴긴 날 뻐꾹새 애끓는 하소연에
"사랑합니다"

흐린 샘물 속을 깨끗이 퍼낼수록 새 물이 되듯이
맨 처음보다 더 앞선 서툴고 낯선 말
"사랑합니다"

목젖의 떨림판에 걸린 이 참말을
황홀한 거짓말로 불러내어 주세요.

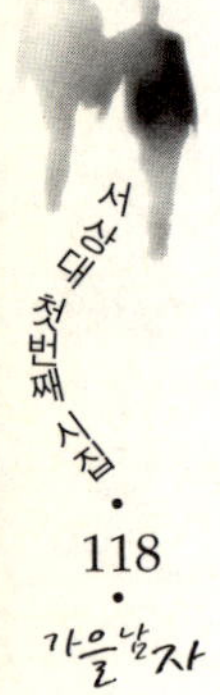

내게 준 시조집 하나

내게 준 시조집 하나
수천 수만의 서책을 능가하고도 남음이 있다.
이것은 내게 있어
文筆의 불을 지핀 원초이기에
늦깎이 소년의 꿈을 심어 주었기에

보고 또 읽고
책갈피 접어 새겨 되뇌고
감긴 눈 속에 그림 그리다 미소짓는다.

조바심 난 마음
어지러운 마음
다변(多變)의 마음을 한 곳으로 다 잡아준
넉넉한 한 구절 글귀

시조집 하나
나를 일깨워
내 삶의 의미를 하나로 모은 것이기에
평생의 고마운 마음으로
茶汀을 노래하리라

친구 하나

내 마음에 각인(刻印)된
친구 하나.

마음 깊은 곳에 꼭
숨겨 두고픈 친구 하나.

긴 세월을 넘고 넘는다 해도
내게는 늙지 않을 젊은 내 친구.

내가 어지러울 때 손잡아주고
마음이 무겁다면 꼬리연 바람에 띄워 주고
목마른 내게 물을 주어 갈증 풀어 준다.

원망의 소리도
사랑의 소리도
소중히 감싸서 다 헤아려준 내 친구

내가 이승을 떠난다 해도
난 친구 하나 있기에
죽지 않고 살아 있을 것이다.

항상 내 곁에서 나를 지키는
하나밖에 없는
내 친구.

변신

시가 무엇인지
늘그막에 나는 시에 홀렸다

주책이지!—
오랜 세월 짝사랑만 하다
최근에야 비로소 '사랑한다'
고백을 했다

자나깨나 온통
그 님만 보인다
가슴이 두 근 반 세 근 반

요즈음 나는 노상 열 일곱 새 소년이다.

마음을 비우면 앞이 보인다

두 눈을 꼭 감아보렴
그 속엔
내 작은 영혼들이 꿈길 가듯 오고 간다.

실낱같이 가는 불빛이 황소 불 되고
다시 분수대처럼 흩어지고,
샘물처럼 콸콸 솟아나는 내 생명의 끈.

수많은 날들 앞에 서서
얼마나 많은 나의 참을 보았나

마음을 주우려 자신을 보고
가난한 마음으로 돌아가 세상을 가라.

부족한 것이 나를 편하게 한다

배가 고프다고
많이 먹는다면 신체적 억압이 온다.
오히려 배고픔이 더 편함을 느낀다.

남보다 많이 가졌다고
행복하고 즐거운 것만은 아니다.
지키기 위한 부담이 더 나를 괴롭힌다.

친구가 많다고 좋은 것만은 아니다.
내 친구의 마음을 헤아리기 힘들 때
그에 대한 죄송하고 미안하다.

가난하여 부자가 되기 소망이라면
꼭 부자가 되겠다는 순간이 더 행복함을 느낀다.
부를 누리는 순간부터
불행의 씨가 화를 가져옴을 보았으니까

소시민으로 부족함을 채우려는 그 순간이
나를 편하게 한다.

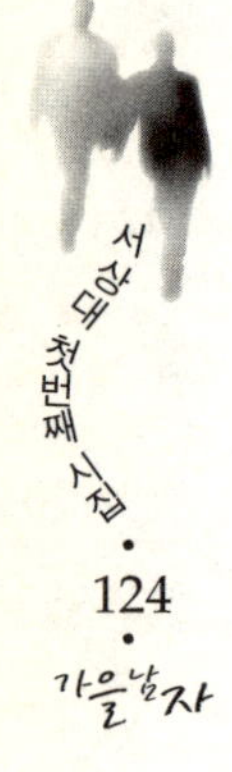

하고 싶은 말

하고 싶은 말은 많은데
말이 부족하여
말이 너무 모자라서
혹여 깨어지면 어쩌나
걱정이 반 반
어찌할 수 없는 감동 때문에
천만 근 무거운 입보다
마음으로 적습니다.

몸이 수백이라도

하나 된 마음 모아
뜻은 하나이며
뜻이 하나 되니
나의 둥근 마음으로
적습니다.

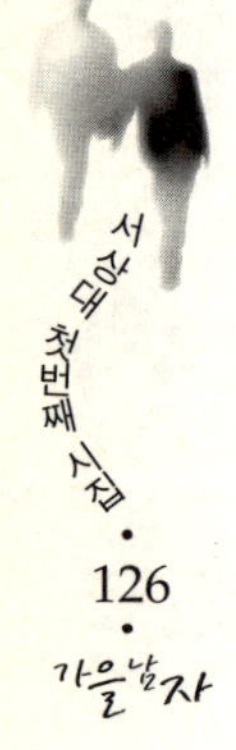

천사들의 행진

넓푸른 창공을 날아 곱게 내려앉은 천사들의 행진
오색 찬연한 숲 속에 메아리진다
향긋한 가을 향기
뜨겁게 달구어진 심장에 묻어 높푸른 창공을 난다

보라 !

저 초롱한 눈빛이 무엇을 응시하는가
내일을 향한 꿈을 본다.
저렇게 예쁜 미소를 보았는가
큰 꿈이 철철 넘쳐 힘껏 취한다
저 당찬 함성을 들어 보라,
막혔던 심장이 뜨겁게 달아 콸콸 샘솟고
내 뻗는 저 발자국 속에 내일이 열린다

10월의 높푸른 창공에 뿌려진
별이 되어 영원히 빛나라
넓고 알찬 대지에 밀알이 되라
알지게 잘 자라 이 강토를 살찌우라
작은 천사들아.

탈출

눈을 감아본다.
고통스러움을 넘어
고독으로 간다.
악심이 전신의 세포로
쑥쑥 자란다.
시체처럼 나뒹구는
공포 속에
시간의 떡고물이 되어
무덤에 든다.
숨을 틀어 막고 있는
오염된 공기를 내뱉어
탈출구를 찾는다.
문 하나 보이지 않는
꼭 죄어드는 숨가쁜 터에
손저어 구원의 빛은 어디에
나로부터 탈출이다.

나는 누구인가.

보고 싶은 사람

가끔은 보고 싶은 사람이 있다.
무심히 걷고 있을 때 생각나는 얼굴
화사한 봄날 철쭉이 아우러진 꽃길에서
청명한 가을 날
시골 길 색색이 핀
코스모스 길을 걷다가
시냇가 맑은 물에
일렁이는 물 그림자에서
스치고 지나가는 얼굴을 보고
온종일 기다려지는 사람
막연히 올 것 같은 사람
그저 좋은 사람
보고 싶은 사람이
기다려진다.

황혼의 멋을 아는가

나이 들어도 매력을 잃어버리지 않는 것은
당신의 몸매 속에 담긴 영혼입니다
진정한 아름다움은
잔주름 깊은 확연한 미소이구요
골이 깊으면 깊을수록
젊을 적 열정의 증거입니다
주름 없고 늘씬한 몸매
짙은 향수 속에 묻혀진 것보다
몇천 배의 값어치가 더하답니다

세파에 다듬어진 골 깊은 미소는
인생의 원숙한 사상적 여유와 사랑이요
보이지 않는 암시 속에 차원 높은 예지는
고도로 숨겨진 내면의 아름다움이요
어느 순간의 분위기 속 한 마디 말은
어떤 젊음도 쉬이 따를 수 없는
당신만 간직한 황혼의 매력입니다

自然 속 呱呱한 訓長의 詩聲

— 徐相大 詩人의 제1시집 《가을 男子》에 부쳐

김 남 웅

시인, 수필가, 소설가.
한국민족문학회장 및 충현고등학교장

I.序(prologue)

1. 人間 徐相大

인간 서상대 님은 시인이요, 시골 중학교(파주 봉일천중)의 훈장(校長)이시다. 교직 40여 년! 어즈버 한 평생을 그렇게 살아온 분이시다. 그는 자별한 나의 친구요, 교장 동기이기도 하다! 또 나로 인해 연전(年前)에 문단에도 데뷔(入門)한 시인이다. 하여, 나는 누구보다도 서 교장 서 시인을 잘 안다. 그는 첫눈에도 오로지 제2세 교육에만 헌신해 온 전형적인 교사상(像)의 표본이다. 그러면서도 시골 농군(農軍)같이 순박하기 이를 데 없고, 편하기만 한 이웃집 아저씨다.

　독실한 카톨릭 신자로, 진실로 인자하고도 온화한 성품의 교육자 서상대 님! 그는 중후(重厚)하고 질박(質朴)하다. 언제나 선량한 모습으로 세상을 관조(觀照)하며 말없이 내면의 깊이에 침잠(沈潛)한다.

　슬하의 세 아들은 하나같이 모범적(生)이고 튼실하다. 첫째는 치과의사요, 둘째는 사업체(기업)의 장(長)이고, 셋째는 부부의사로 일한다. 진실로, 더없이 다복한 한 가정의 성실한 가장이요, 존경받는 교육자시다.
　그가 오는 2월말에 정년퇴임을 맞는다. 그러니까 이 시집은 바로 그 기념비적인 의미로 출간케 되는, 이름하여 서 시인의 첫사랑(詩集)인 셈이다.

2. 높푸른 敎育愛

　그런데 그가 늘그막에 연애를 했다. 오랜 세월 늘 마음 속으로만 짝사랑을 하다가 비로소 용기를 내 고백을 한 것이다. 그 사랑(戀人)의 주인공이 바로 '시인'이란 이름이요, 이 시집이다. 교직 40여 년 내내 동경하고 흠모하던 문학! 그 반려를 비로소 찾은 것이다.
　'가을 남자(詩人)'! 이 얼마나 문학적이고 낭만적인가?
　왜냐, '가을 남자'는 이코르(=) 곧 시(詩)요, 시인(詩人) 자신을 뜻하니까— 따라서 시집은 고고(孤高)하고 도도하다. 당연히 훈장(訓長) 냄새도 많이 난다. 어쩌면 훨씬 더 많이 나야 할 텐데 그렇지는 않다. 다소 의아할 수도 있으리라.

헌데, 그것은 아마도 너무 '체'를 싫어하고 '티'를 안 내려는 평소 운학(雲壑)의 성품 탓이요, 또 하나의 변(辯)이라면 뒤늦게 문단에 나왔기 때문에 미처 교단적 글을 많이 남기(쓰)지 못해서라 추측된다!

그러나 그러면서도 님의 높은 교육애(愛)는 어쩔 수가 없나 보다. 가만히 곱씹어 보면, 곳곳에서 가끔은 학교와 제자들 사랑에 휩싸여 있는 시인을 언뜻언뜻 발견하게 되기 때문이다.

오늘은 연록색 향이 상큼한 5월
소년들아 우리 청운의 푸른 꿈을 심자
구차한 삶은 벗어버리고
싱싱한 새 꿈의 날개옷을 훠얼훨
저 찬란한 태양의 중심을 날자
안으로 안으로 솟구치는 붉은 흑점이 되자

— 〈푸른 꿈〉의 일부

오! 젊음의 신성함이여!
5월의 푸르름이여!
봄의 화신이여 저들과 함께 있으라
알지게 자라라
이 강토를 푸르게 하라

살지게 하라
녹색 꿈이 영그는 이 교정에 내일은 밝다
21세기를 여는 꿈나무들이여 영원하라
영원히 높푸르라
이 교정의 나무 나무들처럼

— <교정의 나무들처럼>의 일부

이렇듯 여기저기 싯귀 구절 구절에는 백묵가루가 꽃잎처럼 날린다. 아름답고 향기롭다. 고매한 스승의 사랑이요, 교육애이다. 포올폴 흩날린다. 그 속에선 간간이 아이들의 웃음소리마저 싱그러웁다. 그것은 '꿈'이나 '천사들의 행진'에서도 마찬가지다. 확실히 시골 훈장은 자애로웠다. 페스탈로찌다. 절로 머리가 숙여진다.

II. 自然親和的인 詩世界

1. 自然主義 詩人 雲壑

서상대 시인은 자연주의자요, 자연주의 시인이다. 그의 삶과 그의 시세계가 그렇게 보여지기 때문이다. 늘 자연을 사랑하며 늘 푸른 숲 푸른 새와 함께 자연 속에 산다. 직장도 가정도 온통 자연 속이다. 그래서 그의 호(號)까지도 집 뒤 골짝(溪谷)에 늘 구름이 많이 끼는 걸 연관(聯關)해, '구

름운(雲)’에 ‘골학(壑)’을 써서 ‘운학(雲壑)’이라 했다고
한다.

　　산자락 따라 눈길을 옮기어
　　엷고 푸른 산길을 푸른 새가 되어 난다.

　　솜털 보송한 연록색에 묻혀
　　향긋한 푸른 향기 코끝에 미소 일다

　　눈 들어 푸른 창공을 날아
　　큰 숲에 들면 몸도 마음도 연푸르다

　　푸른 계곡 물 한 움큼 마시고
　　푸른 숲 보면 나도 숲이 되어 숲 속에 산다.

　　푸른 숲 푸른 새와 푸른 물 마시며
　　푸르게 살리라.

—〈푸르게 살리〉 전문

　　이 시는 바로 그의 삶에 대한 고백같으다. 이 얼마나 자연
(自然)친화(親和)적인가? 그래서일까. 실제로 그가 살고 있
는 고양시 덕양구 쪽의 집이나 직장인 파주 봉일천중학교
주변 풍광은 전부가 그대로 푸르른 자연이요, 좀 과장하면
그 어디보다도 무릉도원이다. 항시 구름어린 대자연의 품속
이다. 수려한가 하면 호젓하고, 쎈치한가 하면 안온(安穩)

하다. 가히 한 폭의 대형 수채화를 걸어놓은 듯싶다.

　이렇듯 시인은 자신의 사상과 삶의 철학을 이 한 편만으로도 잘 대변한다. 지극히 시적이고, 지극히 자연주의적 높푸른 인생을 산다. 그래서 일찍이 밀레는 "인상을 따라서 자연을 찾아가라! 아름다움을 비롯, 인생의 고상한 목적과 삶의 희로애락이 거기에 있으려니, 거기서 무릇 근원적 선과 행복의 기초를 배우라. 그리고 그것을 그리라!"고 설파(說破)하였던 것 같다.

2. 詩集《가을 男子》

　그래서일까, 시집《가을 남자》는 바로 그 자연의 축소판을 보는 느낌이다. 우선 다음의 시를 보자.

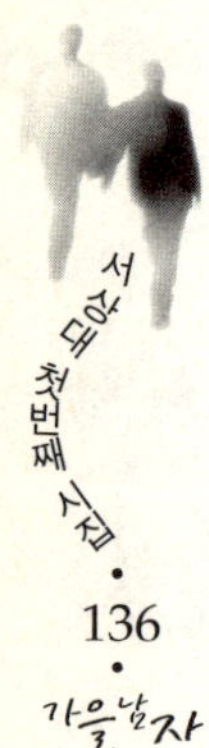

아아 나는 나는 저 산에
활활 불타는 가을남자
어느 새 내 몸에는 울긋불긋
사랑이 색칠되고
시와 낭만이 줄을 서지요

봄꽃의 화려함인들
이보다 더할소며
여름에 못 느꼈던 요염함 또한
이보다 더할까 보냐?

허나 할 말 다 못하고
쉬이 낙엽 되어 떠나야 하는 몸
아직도 마음은 풍성히 설레이는데

오요요
진실로 나는 가슴 빠알간
늦가을 단풍

어떻게 마지막 곱디고운 열정 쏟다가
어떻게 조용히 말없이 가야만 할지

— 〈가을 남자〉의 일부

서상대 시인은 이제 이렇듯 판에 박힌 전반기 40여 년의 오오랜 교직생활에서 벗어나 비로소 완전 자유스런 후반기 문학인생으로의 변신, 변화를 시도한다. 이제까지의 교장(公務員)에서 시인(自由人)으로의 삶으로 탈바꿈을 하는 것이다. 발전이라면 큰 발전이요, 최근 2년 사이의 급격한 전환이다. 교직이라는 경직일관의 삶에서 자연과 자유세계에로의 돌입(遊戲)인 것이다.

이는 환경적 자연세계만이 아닌, 정신적 자연(自由)세계에로까지의 180도 완전전환의 꿈(試圖)이다. 말하잠, 사물을 '관조(觀照)하는 그대로 받아들이기' 시작했다는 뜻이다. 그것은 삶에서나 시에서나 가장 중요하고 긴요하고 필수이기 때문이다.

하여, 바이블 속의 예수는 "솔로몬의 영화(榮華)도 한 송

이 백합보다 못하다"고 그

　토록 힘주어 설교했던가, 어쨌거나 시인은 이를 전 4부로
나누어 토로(吐露)한다.

　1부에선 '봄이 저렇게 오는데'로, 주로 봄에 어우러지는
22편의 꿈과 사랑의 시를, 제2부에선 '가을 남자'로, 23편
의 여름과 가을에 얽힌 동화를 이야기하고 있다.

　그런가 하면, 제3부에서는 '겨울비를 맞으며'라는 제목
아래 22편의 일상적 고뇌와 아픔들을, 그리고 제4부에서는
'마음에 두고 싶은 사람'이라는 제목 아래 21편의 아내와
친구 등에 대한 사랑과 우정, 그리움 등 총 90편의 노래들
을 담고 있다.

3. 새로운 Romanticism으로의 變身

　로맨티시즘! 회갑을 넘으며 운학(雲壑)은 비로소 이제 서
서히 변신(變身)을 기도한다. 낭만파(Romanticism)로의
새로운 사고와 새로운 서정적 삶의 구가를 의미한다. 다음
은 '변신(變身)'의 전부다. 마음에 새겨보아라. 이 얼마나
경이(驚異)로운가?

　시가 무엇인지
　늘그막에 나는 시에 홀렸다

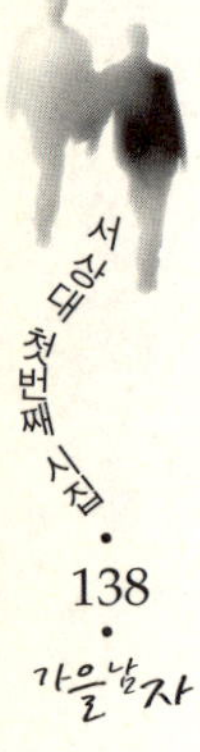

주책이지!—
오랜 세월 짝사랑만 하다
최근에야 비로소 '사랑한다'
고백을 했다

자나깨나 온통
그 님만 보인다
가슴이 두 근 반 세 근 반

요즈음 나는 노상 열 일곱 새 소년이다.
　　　　　　　　　　　　　　　－ 〈변신〉의 전문

시인은 여기서 40여 년만에 대변신을 한다. 교육과 결혼
한 이후 줄곧 짝사랑만 해오던 문학과 뜨거운 첫사랑을 새
로이 시작하게 된 것이다. 그래서 요즈음엔 아예 열 일곱 새
소년으로 산다는 고백적 시이다.

사실 우주의 '진리(眞理)'를 제외한 이 세상의 모든 것은
쉬임 없이 변화한다. 이 말은 옛날 소동파(蘇東波)가 적벽
부(赤壁賦)에서 공자의 말씀(論語)을 인용해 "장강(長江)은
예로부터 쉬지 않고 흘러가고 있으나 그 흐름은 다하지 않
는다(近者如斯而未嘗住也 : 근자여사이말상주야)"—고 찬
탄(讚美)했던 말과도 상통(相通)한다.
　　이는 달리 "장강(長江)의 모습은 예나 다를 바 없으나 흐
르는 물은 옛날의 그 물이 아니라"는 말이다. 다시 말해 전

혀 변하지 않는 듯하면서도 실제론 조용한 변화(變化)를 하며, 그러면서도 그대로 의연한, 자연의 원리에 대한 깊은 통찰에서 우러나오는 느꺼움의 발로라 해 좋을 것이다.

변화! 그것은 자신을 지키는 일이며, 새로운 경쟁에서 살아남기 위한 유일한 선택(길)이다. 그러나 결코 근본적 진리와 정체성을 놓치고 기회주의적이고 자기중심적 인생에 대한 변화는 아무런 쓸모가 없다. 그것은 아주 위험하다. 다만, 이것들을 굳건히 지키면서도 표면적 변화를 정확히 파악해 그 환영(幻影)의 정체를 꿰뚫어 알고 있는 사람들은 매우 훌륭하다. 다음은 〈겨울비를 맞으며 · 1〉의 일부다.

(전략)
사위(四圍)가 어둑어둑 어두워지면
왠지 점점 더 삭막해지고 황량하기까지 한
내 지나간 연년의 편린(片鱗)들이여

이 아침 나무는 새삼 겨울비를 맞으며
돌연변이를 일으킨다
문득문득 깨어나는 세상을 만난다.

언젠가는 벼랑 끝에서 바람들에조차
그 어떤 깊은 의미를 건지게 한다.

이는 변화와 불변의 어우름이며, 중심과 표면의 뒤섞임,

곧 상수(常數)와 변수(變數)의 조화로 탄생하는 함수(函數)의 그것처럼 절묘한 균형감각을 내포하는 말이다.

운학(雲壑)은 바로 그런 시인이다. 선견지명(先見之明)이 뛰어난 시인이다.

Ⅲ. 나가면서(epilogue)

시인에게 있어 시 쓰기는 필생의 업(業)이다. 헌데, 이는 실로 각고(刻苦)의 뼈를 깎는 고통이 아닐 수 없다. 필력 40여 년의 평자도 늘상 이를 통감한다. 실로 시란 무엇인가? 왜 시인은 존재해야 하며, 왜 시인은 자기만의 세계를 건설하려는 의도(intrention)를 가져야 하는가? 이 시점에서 시인의 임무와 본질에 대해 생각해 보는 일은 어쩜 당연한 귀결(歸結)일지도 모른다. 다음에 〈황혼의 멋을 아는가〉란 시 일부를 감상해 보자.

나이 들어도 매력을 잃어버리지 않는 것은
당신의 몸매 속에 담긴 영혼입니다
진정한 아름다움은
잔주름 깊은 확연한 미소이구요

서상대의 시에는 이러한 의문들에 대한 해답이 농축돼 있다. 현란한 물질문명으로 채울 수 없는 정신적인 황폐감과

공허감에 부딪친 현대인들에게 '황혼=연륜=영혼'이란 카드로 답하고 있는 것이다. 청량제(淸凉劑)! 그러하다. 이제 초년의 시인이 어떻게 이렇듯 내부에 들끓는 목소리로 우리의 영혼을 위로해줄 수 있는 건지, 문학의 본질적이고도 근원적 힘 발휘에 놀라지 않을 수 없다.

> 침전된 아침
> 겉물 쉬쉬 걷어내고
> 속 샘물 깊게 한 두레 떠받들어
> 청정한 별빛 모아
> 당신의 소망 천공(天空)에 올리신다.
>
> — 〈어머님의 기도〉 일부

> 푸르른 상념의 하늘가
> 오늘도 나는 거북 등 같은 표피 속 병아리 털같이
> 여리디 여린 너를 감싸안고
>
> 오직 사랑하는 네게만 줄
> 노오란 부리의 귀여운 밀들을 연습한다.
>
> — 〈겨울비를 맞으며 · 2〉의 일부

위 두 편의 싯귀들을 보라. 얼마나 언어구사가 자연스럽고 아름다운가. 감동(感動) 감복(感服)케 하잖는가! 실로 시는 "언어의 사원(祠院)이요, 시인은 언어로 집을 짓고, 언어의 집에서 언어로 삶을 영위하며 꿈꾸는 존재들"이다. 이렇듯 운학(雲壑) 시인도 자기 몫에 부지런하다.

그러면서 혹여 어쩌다 자신의 내부에 가시처럼 박혀 있는 아픔들까지도 영혼의 주술사처럼 뽑아 올려 정화(淨化)시키고 있다. 해서, '노오란 부리의 귀여운 말들'로 열심히 정제(淨濟)하며 탁마(琢磨)한다. 주변의 불의와 부정에는 정색을 하고, 자신의 모순이나 불합리는 결단코 용납지 않는다. 착하고 바르고 정직하다. 항차 사람이 로봇도 아니고 어떻게 그렇게 긴장의 끈을 늦추지 않고 생활할 수 있느냐고 혹자들은 반문할 수도 있을 것이다.

어쨌거나 질서정연한 오(伍)와 열(列)은 그의 올곧은 삶이요, 정신이요, 거기다 규명(糾明)과 명분(名分)에 순응하는 자세며, 철저한 논리성에 끝없는 탐구와 자기연마는 바로 그의 교육자적 철학(哲學)이고 양심(良心)이라 해 옳을 것이다. 그런 의미에서 운학은 내 친구이지만 정말이지 존경스럽다. 진실로 서 시인의 시는 투명하고 단단하다. 그러면서도 생고무 같은 탄력(반발력)을 유지한다. 씹을수록 감칠맛도

돋아나는 육질(肉質)류다. 더욱 발전하길 빌 뿐이다.

甲申년 正初에 道德山房에서

心夕 金南雄 識

서상대 첫번째 시집

가을 남자

지은이 / 서상대
펴낸이 / 김재엽
펴낸곳 / 한누리미디어

100-845, 서울시 중구 을지로 2가 148-73
신화빌딩 401호
전화 / (02)2278-4513, 2268-4514
팩스 / (02)2268-4524

등록 / 제16-467호(1993. 11. 4)

초판발행일 / 2004년 2월 20일

ⓒ 2004 서상대 Printed in KOREA

값 6,000원

E-mail/hannury2003@hanmail.net

※잘못된 책은 바꿔드립니다.
※저자와의 협약으로 인지는 생략합니다.

ISBN 89-7969-242-0 03810